16	3	2	13
5	10	11	8
9	6	7	12
4	15	14	1

Texto de **Jorge Araújo**
Desenhos de **Pedro Sousa Pereira**

COMANDANTE HUSSI

editora■34

EDITORA 34

Editora 34 Ltda.
Rua Hungria, 592 Jardim Europa CEP 01455-000
São Paulo - SP Brasil Tel/Fax (11) 3811-6777 www.editora34.com.br

Copyright © Editora 34 Ltda. (edição brasileira), 2006
Comandante Hussi © Jorge Araújo e Pedro Sousa Pereira, 2006

A FOTOCÓPIA DE QUALQUER FOLHA DESTE LIVRO É ILEGAL E CONFIGURA UMA
APROPRIAÇÃO INDEVIDA DOS DIREITOS INTELECTUAIS E PATRIMONIAIS DO AUTOR.

Edição conforme o Acordo Ortográfico da Língua Portuguesa.

Capa, projeto gráfico e editoração eletrônica:
Bracher & Malta Produção Gráfica

Texto:
Jorge Araújo

Desenhos:
Pedro Sousa Pereira

Revisão:
Cide Piquet
Marcela Vieira

1ª Edição - 2006, 2ª Edição - 2009 (3ª Reimpressão - 2024)

CIP - Brasil. Catalogação-na-Fonte
(Sindicato Nacional dos Editores de Livros, RJ, Brasil)

Araújo, Jorge, 1959
A689c   Comandante Hussi / texto de Jorge Araújo;
desenhos de Pedro Sousa Pereira — São Paulo:
Editora 34, 2009 (2ª Edição).
128 p.   (Coleção Infanto-Juvenil)

ISBN 978-85-7326-345-9

1. Literatura infanto-juvenil portuguesa.
I. Pereira, Pedro Sousa, 1966-. II. Título. III. Série.

CDD - 869.8P

COMANDANTE HUSSI

Nota dos editores 7

I 15
II 21
III.. 27
IV 33
V 37
VI 43
VII 47
VIII 55
IX 59
X 63
XI 71
XII 83
XIII... 89
XIV 95
XV 101
XVI 107

Glossário 115
Mapa-múndi da língua portuguesa 120

NOTA DOS EDITORES

Brasil, Portugal, Angola, Cabo Verde, Moçambique, Guiné-Bissau, Timor-Leste, São Tomé e Príncipe. O que esses países têm em comum? Todos eles falam a mesma língua: o português.

A mesma língua?

O português é falado por cerca de 240 milhões de pessoas e está difundido pelos cinco continentes (ver mapa ao final do volume). É um dos idiomas mais falados no planeta, sendo superado somente pelo chinês e seus dialetos, pelo inglês, pelo russo, pelo árabe, pelo híndi (uma das principais línguas da Índia) e pelo espanhol. Com tanta gente falando a mesma língua, e em lugares tão diferentes do mundo, seria difícil que todos falassem exatamente do mesmo jeito.

Se entre o Rio de Janeiro e São Paulo, por exemplo, as diferenças de pronúncia já são evidentes, imagine só o que seria uma conversa entre um gaúcho da fronteira e um habitante do sertão baiano. Imagine agora duas pessoas, uma de cada lado do Oceano Atlântico, e tente calcular a distância entre os seus modos de falar. É o que acontece entre Brasil e Portugal: além de pronúncias bastante distintas, de palavras e expressões empregadas com sentido diverso, em alguns casos até mesmo a língua escrita apresenta diferenças.

Enquanto no Brasil se diz "estamos brincando", no português de Portugal se diz geralmente: "estamos a brincar". Lá, ainda hoje, mesmo em linguagem coloquial, emprega-se a segunda pessoa do singular, o "tu", ao passo que no Brasil é mais comum o "você". Até aqui, tudo bem. Os maiores problemas ficam por conta do léxico, isto é, do vocabulário: em Portugal lugar é "sítio", banheiro é "casa de banho", terno é "fato", menina é "rapariga", menino é "miúdo", chuteira é "bota", goleiro é "guarda-redes", e por aí vai.

Comandante Hussi é um livro que transita entre essas várias formas da língua portuguesa. Jorge Araújo, autor do texto, é natural de Cabo Verde, e o ilustrador Pedro Sousa Pereira nasceu em Angola, mas ambos cresceram em Portugal. A história se passa em Guiné-Bissau, país africano que foi colonizado pelos portugueses e alcançou a independência em 1973, mas desde então já passou por diversos golpes militares e guerras civis. Assim, nascido na África e filho de pais portugueses, este livro desembarca agora no Brasil.

Mais do que um simples código linguístico que torna possível a comunicação, cada língua é um verdadeiro universo que traz consigo a história, a cultura e a visão de mundo dos diferentes povos. Dentro de cada língua, os dialetos, as variantes e até os sotaques indicam também outras tantas diferenças culturais. E, na verdade, nem sequer pessoas que vivem na mesma cidade, bairro ou rua falam exatamente da mesma maneira, porque cada pessoa é única e diferente de todas as outras.

Por tudo isso, optamos por intervir o mínimo possível no texto, mantendo em sua forma original palavras e expressões de fácil compreensão, como "golo" (gol), "equipa" (equipe), "a pouco e pouco" (pouco a pouco), "regressar a casa" (voltar para casa) ou "sentido de humor" (senso de humor). Também preservamos algumas construções hoje em desuso no Brasil ("até à noite", "até ao fim") e mesmo outras que a norma culta do português brasileiro considera erros, como "mais pequeno" e "mais mau", por preservarem o sabor da fala dos nossos irmãos de língua.

Incluímos ainda no final do volume um Glossário que explica o significado de alguns termos e expressões — assinalados no texto com itálico — estranhos ao leitor brasileiro, ou que são empregados com um sentido diferente daquele com que nós os conhecemos. Mesmo assim, o leitor perceberá ainda, aqui e ali, muitas outras diferenças no uso da língua, nem todas incluídas no Glossário. Ao leitor interessado, fica o desafio de encontrá-las e tentar compreendê-las, enriquecendo um pouco mais a sua própria linguagem.

Boa leitura!

COMANDANTE HUSSI

Para Tetse, Bitunga e Batcha.
E para Doskas.

Jorge Araújo

Para a minha filha Rita,
que nos deu a ideia
de contarmos esta história,
e para a Carla Peidró,
porque só há uma Andaluzia.

Pedro Sousa Pereira

I

Era domingo. Dia de missa e futebol. De carne ao almoço e *tolerância de ponto ao acordar*. Dia em que nada acontece e o sono tem mel.

— Hussi... são horas de levantar — gritou o pai, Abdelei, ao mesmo tempo que levava as mãos sobre os olhos para se defender da claridade.

Hussi nem sequer pestanejou um despertar, continuou a dormir como uma pedra esquecida, ensanduichado entre os irmãos Totonito e Tuasab, a saia da mãe, dona Geca, a aconchegar-lhe os pés, os braços de Doskas, o caçula da família, entrelaçados aos seus. Ainda só ia no terceiro sono, a meio de um sonho cor-de-rosa, deslumbrado a ver a sua bicicleta voar com a elegância de uma borboleta, escoltada por duas imponentes águias reais, perseguida por um cortejo de andorinhas faladoras.

— Vem comigo — a campainha da bicicleta falou-lhe ao ouvido.

— Para onde?

— Não faço ideia.

— Então, por que é que queres que vá contigo?

— Porque és o meu melhor amigo.

— Mas preciso saber para onde!

— Não te basta saber que vais comigo?

— Também...

— E então?

— Então o quê?

— Vens ou não?

— Tenho medo de cair.

— Ora essa... quem tem asas não cai.

Hussi deu uma gargalhada tão grande que afastou a tempestade que espreitava no horizonte do seu sonho. Afinal era mesmo verdade — estava nas nuvens. O seu corpo franzino flutuava sobre o selim, uma suave brisa acariciava-lhe a *carapinha*, abraçava o arco-íris com asas de veludo.

— Hussi... Hussi — era mais uma vez o pai a berrar a alvorada.

Hussi tapou os ouvidos com a força que lhe restava na alma das mãos, as pupilas dos olhos desmaiaram para iludir a madrugada, mas, mesmo assim, sentiu o sonho escapar-se por entre o ressonar lento e profundo. Foi quando o tempo começou a invernar. A noite eclipsou o arco-íris, o ronronar das trovoadas abafou o chilrear das andorinhas, a sua bicicleta começou, a pouco e pouco, a afastar-se e, quando já se despenhava sobre o

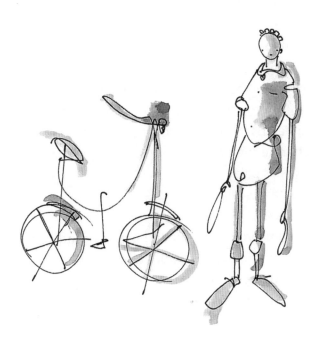

horizonte, despediu-se com um sorriso *trocista*. E aterrou sobre um tapete de crisântemos.

— É tão fofo... — a campainha continuava a falar-lhe aos ouvidos mas ele quase que já não ouvia.

Hussi ainda quis acompanhar a bicicleta mas as suas asas minguaram, perderam cor, desfaleceram em pó. Tentou mexer-se mas os seus braços pesavam toneladas de desalento. Estava sozinho, aprisionado numa redoma de gelatina. Olhou para baixo e já não viu a bicicleta, só braços, muitos braços em alvoroço no meio do suave tapete de crisântemos. Àquela distância não conseguiu perceber se lhe acenavam ou pediam ajuda. Procurou falar mas as palavras saíam-lhe surdas e aos solavancos, como uma cascata silenciosa.

— Hussi... Hussi...

Era uma voz rouca, cavernosa, o pesadelo tornara-se confuso e imperceptível, aquele som tanto poderia ter saído da boca do pai, da campainha da bicicleta ou dos braços em alvoroço.

— É a última vez que te chamo.

As palavras foram soletradas com autoridade. Eram mesmo do pai.

Hussi amanheceu em sobressalto, uma sensação estranha colada à pele, rosnou um incômodo, passou a mão vezes sem conta pela testa para tentar acordar as recordações, reavivar o pesadelo, mas nada, nem uma única imagem. Era estranho. Há dias que tinha o mesmo sonho. Há dias que vivia essa história sem fim.

A angústia só acalmou quando destapou os olhos e viu a bicicleta adormecida no regaço do calendário de Nossa Senhora de Fátima. Aquela bicicleta era o seu tesouro mais valioso, porque fora o único presente que o pai algum dia pôde oferecer-lhe. Era uma bicicleta pintada de lama, pedais amputados, selim desengonçado, os raios das rodas a contorcerem-se de dor. Uma bicicleta a cair aos pedaços, mas que ainda estava boa para as curvas. E, sobretudo, era a sua bicicleta.

Hussi saltou da esteira, lavou os dentes com um pedaço de carvão, vestiu a *camisola interior* branca primeiro, o *fato* domingueiro a seguir, pegou na bola e no livro da catequese, enganou a fome com um naco de mandioca. *Sabia a poeira.* Era domingo. Dia de missa e futebol. De carne ao almoço e *tolerância de ponto ao acordar*. Dia em que nada acontece e o sono tem mel. Lá fora, esvoaçavam galinhas pelo quintal.

II

A família Sissé vivia em Porto dos Batuquinhos, na margem de um rio que a seca engoliu. Vivia numa casa com paredes de cartão, telhados de *colmo*, *alcatifa* de terra batida. As camas eram esteiras que, enroladas durante o dia, serviam de cadeiras. A cozinha, bem no centro da *palhota*, não passava de meia dúzia de pedras calcinadas dispostas em círculo; a *casa de banho*, um buraco aberto no quintal. A única mobília era um calendário de Nossa Senhora de Fátima que a madrinha de Hussi ofereceu à mãe no dia do seu nascimento.

Era esta casa, pobre mas digna, que Hussi e a sua bicicleta partilhavam com Abdelei Sissé, o pai herói, dona Geca, a *mãe galinha*, Totonito, Tuasab e Doskas, os três irmãos, todos mais novos do que ele. Viviam felizes, porque a felicidade também se faz de pequenas coisas. Um sorriso, uma palavra de conforto, uma mão de arroz para embalar o estômago, um pedaço de pano para embrulhar o corpo.

Em Porto dos Batuquinhos toda a gente se conhecia, todos se respeitavam, novos e velhos; a criançada era tanta que dava para fazer uma equipa de futebol, com suplentes e tudo. Para eles a vida corria devagar, sempre à volta do Batuque Futebol Clube, o emblema do bairro e eterno rival dos "Sanguessugas", o orgulho do Cais da Sombra, um bairro situado um pouco mais abaixo, que, apesar do nome, não tinha nem sombra de cais.

O *derby* do Rio Seco, sempre aos domingos, era dia de festa. De muita responsabilidade. Quem perdesse sabia de antemão que seria alvo de chacota, pelo menos até ao próximo desafio. Por isso mesmo Hussi esforçava-se para preparar tudo ao mais ínfimo pormenor. Aproveitava a catequese matinal para fazer rezas suplementares. Finda a conversa com Deus, reunia os seus conselheiros terrestres — os amigos Bitunga, Tetse e Batcha — à sombra de uma mangueira para cozinhar táticas para os conduzir à vitória. Cada um, à sua maneira, era uma espécie de alma da equipa.

O mais arrebatado, *genica nas veias*, o Bitunga, órfão de pai e mãe, tinha no cão Boca Negra a sua única família — encontrou-o ainda bebê num contentor de lixo, e o animal deve ter ficado *vacinado* porque ainda hoje não gosta de *comida em primeira mão*. Era otimista por natureza e, na vida como no futebol, gostava de distribuir jogo. Por causa das agruras da vida, devia pensar que o destino tinha para com ele dívida crônica. Nunca baixava os braços mesmo quando a sua equipa era goleada.

— Batcha, passa-me a bola bem dominada — relembrou ao companheiro de equipa, muito dado ao pontapé para a frente.

— Hum... — respondeu Batcha.

— Com conta, peso e medida — acrescentou Tetse, sempre desejoso em dar uso às frases que ouvia nos relatos.

— Deixem-no tranquilo — Hussi deitou água na fervura.

Batcha era pacato e cauteloso. A defesa é o melhor ataque, dizia. Porque o seguro morreu de velho. Na vida, como no futebol, era uma sombra impenetrável, implacável na marcação homem a homem, generoso e solidário na defesa dos interesses dos companheiros. Falava pouco, o mínimo, o estritamente necessário.

— Tetse, tens de me dar cobertura — advertiu.

— *Está descansado...* vou ser uma espécie de "hélice de ligação" entre a defesa e o ataque — respondeu.

— "Hálito de ligação", seu ignorante — emendou Bitunga.

— A vossa rádio deve estar avariada. Diz-se "elo de ligação". Mas parem com estas parvoíces — implorou Hussi.

Tetse era um diletante por natureza, um diamante em estado bruto sem muita paciência para se deixar lapidar. Na vida, como no futebol, corria sempre pelos flancos, sempre na periferia de uma margem qualquer. Mas os seus cruzamentos milimétricos, à esquerda e à direita, assentavam que nem uma luva à cabeça de Hussi.

— Hoje vou cruzar em folha seca — proclamou.

— Folha quê? — Perguntou Batcha.

— *Não dás uma para a caixa...* ele vai cruzar com a parte exterior da *bota* — sublinhou Bitunga.

— Qual *bota*!!! Do pé. *Bota* é para os ricos — gozou Hussi.

Hussi era o senhor das alturas. Voava entre os centrais adversários com a mesma agilidade de uma andorinha a quem uma brisa primaveril limpou as asas. Na vida, como no futebol, jogava com a cabeça no ar, o coração ao alto. Tinha sempre honras de marcação homem a homem, não podiam ceder-lhe uma nesga de terreno. Caso contrário, a jogada mais inofensiva acabava em golo certo.

Naquele domingo, à sombra da velha mangueira, os quatro amigos analisaram os vários cenários possíveis, estudaram a tática mais adequada para o jogo da tarde. Como sempre. E, como sempre, deixaram para o final da reunião os problemas do dia: o *guarda-redes* e o árbitro.

A questão do *guarda-redes* foi de imediato resolvida pelo Bitunga no seu jeito direto e frontal.

— Prefiro o Pudjim... é mais sóbrio, mais discreto.

O Esmeraldo é só garganta. Tem acelerador na boca e travão nos pés — sentenciou, sem papas na língua.

— Hum — concordou Batcha.

Com o árbitro era muito mais complicado. Normalmente o senhor do apito era o brigadeiro Raio de Sol, um velho militar na reserva, muito amigo, e, sobretudo, muito respeitado entre a rapaziada. Era justo na apreciação dos lances mais polêmicos, ninguém ousava discutir as suas decisões.

— Por que é que hoje não pode arbitrar? — estranhou Tetse.

— Hum... — respondeu Batcha com um encolher de ombros.

— Deve estar doente... nunca falha um jogo — prognosticou Bitunga.

— Não, não está — esclareceu Hussi, para quem o brigadeiro era como um segundo pai.

— É estranho — acrescentou o filho de Abdelei.

— É estranho — repetiram os quatro em coro.

III

O brigadeiro Raio de Sol era mais alto do que uma girafa, mais magro que um antílope. Tinha porte altivo, olhar contemplativo, sorriso discreto, carnes secas e barba cor de marfim. Vivia divorciado do mundo na sua modesta casa de Porto dos Batuquinhos, cercada por uma horta. Alfaces, couves, tomates e cebolas conviviam na mais perfeita harmonia. Para além da agricultura, a sua outra grande paixão eram os livros — colocou na estante a obra de Stálin,[1] lado a lado com a biografia de Gandhi,[2] para que o ditador fosse forçado a aprender a arte da tolerância.

Era o mundo ideal para um homem que já conhecera todas as guerras. Tantas, que tinha fama de ser à prova de bala. Um homem cujo semblante sereno, palavras

---

[1] Stálin (1879-1953): político e teórico do marxismo que sucedeu Lênin à frente da antiga União Soviética. Seu governo ditatorial foi marcado pela violência com que perseguiu seus opositores.

[2] Mahatma Gandhi (1869-1949): filósofo indiano, liderou o movimento de independência de seu país com base no princípio da não violência. Morreu assassinado por um extremista hindu.

doces, balancear tranquilo, escondiam uma secreta e misteriosa tristeza. Ninguém sabia ao certo o mal que lhe atormentava a alma. Em Porto dos Batuquinhos, rezava a lenda que o brigadeiro Raio de Sol, depois do desaparecimento do grande amor da sua vida, tinha decidido deixar de viver. Limitava-se a morrer. E a ressuscitar todos os dias.

Para vizinhos e desconhecidos, amigos e inimigos, a sua casa tinha sempre as portas escancaradas. Dia sim, dia sim, velhos companheiros de armas ou simples anônimos vinham beber à fonte a sua experiência de vida, enquanto pintavam o quadro sobre o inevitável abismo para onde o comandante Trovão conduzia o país. As crianças que passavam fome, as mulheres que morriam de desgosto, os homens, cansados de não fazer nada. Pediam-lhe que fizesse qualquer coisa. E ele respondia que sim com a cabeça, mas continuava a cultivar a leitura e a soletrar os legumes.

Eram tantas as queixas que o brigadeiro um dia resolveu afastar a máscara de apatia e atirar-se ao mundo com olhos de ver. Mal deixou Porto dos Batuquinhos e entrou na cidade de asfalto, cruzou com uma criança com a barriga em forma de balão. Andou mais uns metros e viu outra, ainda outra. Aos poucos fazia parte de uma procissão de esfomeados. O choque foi tão brutal que caiu fulminado na *berma* da estrada. E começou a refle-

tir. As suas emoções eram desencontradas, parecia que a cabeça ia explodir. O brigadeiro já não sabia o que lhe corria nas veias, se sangue ou seiva da revolta.

— É hoje... é hoje — parecia um disco riscado a girar no pensamento.

Não tinha mais tempo a perder. Levantou-se calmamente, demorou a acertar o equilíbrio, regressou a casa com passo acelerado. Ainda nem sequer tinha entrado na cidade de terra e já sentia o fusível da tranquilidade a apagar-se.

— É hoje... é hoje — já não era um disco riscado, mas uma ideia fixa.

Pelo caminho cruzou com um engarrafamento de gente que, atenciosamente, o cumprimentou. Não retribuiu a gentileza porque a sua cabeça já estava programada para a guerra contra o comandante Trovão.

— Brigadeiro já está *em estágio* — disse Hussi a brincar, referindo-se ao jogo da tarde.

Raio de Sol não percebeu à primeira e ficou algo embaraçado. Estava *em estágio*, mas era para a guerra. Continuou, como se nada fosse, ainda mais uns bons metros. Depois travou, pensou, e fez *marcha-atrás*.

— Desculpa, meu amigo... estava distraído. Olha, hoje não vou poder arbitrar. As minhas sinceras desculpas... boa sorte para o jogo.

O brigadeiro despediu-se do amigo com uma palmada nas costas. O seu comportamento deixou Hussi perplexo.

— Que diabo passou pela cabeça do homem? Logo hoje!

Raio de Sol tinha o ar de um marciano desconcentrado. Atravessou o campo de futebol, passou pela porta de Abdelei Sissé, e entrou finalmente na sua pacífica horta.

— É hoje... é hoje — já não era uma ideia fixa que lhe atormentava o pensamento, era uma ordem para cumprir.

— A Guerra do Balão começa hoje — decidiu.

A notícia correu mais depressa do que uma gazela. Mais discreta que uma hiena. A porta do seu quintal era agora a via verde para a mobilização. A todos o brigadeiro apenas dizia:

— A Guerra do Balão começa hoje.

Ninguém compreendia por que é que esta guerra — ao contrário das outras — tinha um nome. Ninguém ousava fazer perguntas. Todos sentiam orgulho em colocar o destino nas mãos de um velho, sobrevivente de mil e uma batalhas, vencedor de mil e uma guerras. A Guerra do Balão começa hoje. Ponto final.

IV

Abdelei Sissé recebeu voz de comando e correu para casa preparar a guerra. Vestiu o camuflado encardido, colocou no dedo o anel abençoado pelo velho feiticeiro, foi ao quintal buscar a Kalashnikov,[3] que enterrara junto à *casa de banho* — estava suja e enferrujada.

— Não me vais deixar mal, *pois não*? — murmurou em voz baixa, mal sentiu o calor do gatilho a aquecer os dedos.

Um fio de sol fez ricochete na espingarda e iluminou o calendário de Nossa Senhora de Fátima. Para Abdelei era um bom sinal. Um sinal divino. Em sinal de agradecimento acariciou o gatilho, beijou a culatra, desentupiu o cano, deu-lhe um *banho de massa* consistente.

— Há quanto tempo foi a última guerra? — esforçou-se por lembrar.

Pelo estado da arma deveria ter sido há uma eternidade. Por isso começou a fazer a revisão da matéria, a recitar mentalmente o manual de instruções das técnicas de

---

[3] Kalashnikov: fuzil de fabricação soviética, muito utilizado nas guerras de independência da África.

combate. Mas não era preciso. A guerra é como andar numa bicicleta, quando se aprende nunca mais se esquece.

As feições de Abdelei mudaram completamente mal vestiu a farda militar. Os movimentos tornaram-se mecânicos e cadenciados, a voz triste e monocórdica — passou a gaguejar como uma metralhadora —, a pele virou carapaça de tartaruga ao sol, os olhos injetaram-se de sangue. Transformou-se em *imitação rasca* de um boneco de cera.

Hussi não assistiu à metamorfose do pai porque naquele exato momento participava, de corpo e alma, num renhido jogo de futebol. Mais um tira-teimas entre Batuque e Sanguessugas, resultado em branco no final do tempo regulamentar, o árbitro Tampa de Caixão — o substituto de última hora do brigadeiro Raio de Sol, assim conhecido por ser *cangalheiro* de profissão — a levar o apito à boca para mandar cada um para sua casa. A maioria dos espectadores já tinha virado as costas ao jogo quando, aproveitando a saída da bola pela linha de fundo, Pudjim colocou-a em Bitunga, o artista da companhia dominou-a com o peito, fez umas flores para animar o pessoal e abrilhantar a jogada, depois rasgou o meio campo contrário com duas fintas e outras tantas simulações, lançou o esférico para a corrida de Tetse, que, liberto de qualquer marcação, foi até à linha centrar em folha seca para a cabeça de Hussi. Foi o golo da vitória, o final do jogo.

Pela primeira vez na história do *derby* de Rio Seco um golo foi saudado com uma salva de canhões. Foi o que, ao princípio, Hussi e a maioria dos espectadores pensaram. Bitunga julgou que era fogo de artifício e partiu em direção ao local onde soava a festa. Não era uma coisa nem outra. Tinha começado a fúria. Era tam, tam, tam. As balas caíam do céu. Não, também não era o início da estação das chuvas. Era o princípio de uma guerra de verdade. Batcha começou a tremer que nem gelatina, Pudjim refugiou-se por detrás do poste da baliza, Hussi partiu disparado para casa. A recepção não podia ser pior.

— Agora és o homem da casa — determinou Abdelei, com as palavras vestidas de pólvora, mal o filho atravessou a porta.

Hussi, que ainda nem sequer era dono da sua própria cabeça, estremeceu de responsabilidade. Mas não podia dar o braço a torcer, mostrar a sua fraqueza agora que a sobrevivência da família lhe repousava nos ombros.

— Vais levar a tua mãe e os teus irmãos à aldeia dos teus antepassados — ordenou Abdelei.

— Mas ele ainda é uma criança — protestou dona Geca.

— Era.

— É.

— Numa guerra não há crianças.

— Olha só para o disparate que estás a dizer.

— Oh Geca, as balas nunca perguntam primeiro a idade, *pois não*?

— Afasta esta língua suja para outro lado.

— Suja vai ser esta guerra. Suja e feia. Hussi, leva a tua mãe e os teus irmãos. E não se discute mais este assunto.

Abdelei passou-lhe a mão pela cabeça e partiu com passos maiores do que as pernas. Hussi ficou espetado a um canto, a ver a imagem do pai afastar-se, perder substância, até se transformar numa miragem. Não foi tão duro como esperava — a responsabilidade deve ser uma espécie de vitamina para o crescimento.

O primogênito de Abdelei e dona Geca sentiu-se o centro do mundo. O pilar da família. E fez o que sempre faz quando quer acrescentar uns anos ao seu bilhete de identidade — encheu o peito com uma lufada de ar fresco, passou longamente a palma da mão pela *carapinha*, empinou ainda mais o nariz.

— Vamos — ordenou.

Foi assim que a guerra entrou na vida da família Sissé. Para dona Geca era o fim do mundo. Para Abdelei, o princípio de um novo. Para Hussi, nem uma coisa nem outra. Era algo de muito estranho e, por mais que se esforçasse, não conseguia saber por quê.

"Será que a guerra provoca amnésia?", matutou.

V

O peso da responsabilidade deve alimentar-se de queijo. De queijo suíço cheio de buracos por onde passam algumas lembranças. Só assim se compreende o esquecimento de Hussi. Só assim se compreende que a sua memória tivesse ressuscitado, mal atravessou a soleira da *palhota*.

— A minha bicicleta? Tenho de levar comigo a minha bicicleta — disse com sentimento de culpa.

— Estás doido — respondeu-lhe secamente a mãe.

Quando há uma guerra e se parte com a casa às costas, uma bicicleta não serve para grande coisa. A mãe não se deixou comover e deu ordem de partida rumo a porto mais seguro.

— Vão matar a minha bicicleta — chorou como quem chove no molhado.

— Uma bicicleta não é gente, uma bicicleta não morre — respondeu a mãe já sem muita paciência para a discussão.

— Mas a minha bicicleta é diferente — ainda alegou o *miúdo*.

— Uma bicicleta é uma bicicleta. E vamos parar com

esta conversa senão daqui a nada já não conseguimos fugir.

A sorte de Hussi foi que àquela hora Abdelei deveria estar bem longe, de metralhadora em punho, numa frente qualquer, a disparar freneticamente contra o inimigo. Caso contrário ter-lhe-ia dado um bom par de estalos e o assunto estava encerrado. Com dona Geca era diferente, as mães têm coração de algodão, não resistem ao choro de um filho.

— Ao menos deixa-me escondê-la — suplicou Hussi.

— Tens dois minutos — acedeu dona Geca.

Hussi dirigiu-se para a cozinha, afastou as pedras calcinadas dispostas em círculo, limpou com a palma das mãos as cinzas que repousavam no chão. E começou a cavar. Era preciso cavar muito, e depressa, porque a sua bicicleta era de gente grande e a guerra não esperava. Quando o buraco atingiu a maioridade, encostou a bicicleta ao fundo e começou a deitar terra. Uma tristeza enorme estrangulou o seu pequeno coração. Para acalmar a dor começou a falar sozinho.

— Vais ficar bem... e com muito juizinho, prometes?

E continuou a deitar terra, em ritmo cada vez mais acelerado, num compasso ritmado pelos protestos da mãe. Quando a bicicleta estava quase coberta de terra avermelhada, ouviu uma voz.

— Tenho medo... tenho medo.

Hussi recusou-se a acreditar nos seus ouvidos.

— Desde quando é que uma bicicleta fala? — interrogou-se.

— Tenho medo do escuro. — Era ainda a mesma voz a lamentar.

O filho de Abdelei começou a sentir tonturas. Pensou que deveria ser o primeiro sintoma de loucura.

— Por favor, não deites mais terra. Tenho medo do escuro.

Hussi beliscou o rosto bem forte para ter a certeza que não estava a sonhar. Não estava. Ficou transtornado, era mesmo a voz da sua bicicleta. Mas o abalo passou depressa — afinal a sua bicicleta não era apenas a mais bonita e a mais veloz da cidade, era também a única que falava. Apesar do contentamento, guardou segredo porque as pessoas crescidas não compreendem estas coisas, não acreditam que uma bicicleta também é gente, que uma bicicleta fala. Baixou o volume da voz e murmurou uma esperança.

— Não tenhas medo, vai tudo correr bem.

O argumento não convenceu a bicicleta. Permanecia triste, tão triste que começou a chorar pelos pedais.

— Não chores... não chores... já és crescida.

A bicicleta deve ter escutado os seus lamentos porque o óleo deixou de pingar.

Lá fora, dona Geca gesticulava como um sinaleiro.

Não dizia coisa com coisa — agora pedia a Hussi para não se esquecer da tábua de engomar, como se numa guerra sobrasse tempo para passar a ferro. As outras crianças, alheias à confusão, brincavam alegremente no quintal. Hussi, ajoelhado em frente ao buraco, tentava agora convencer a sua bicicleta das virtudes da vida debaixo de terra.

— As joaninhas são bonitas e felizes, não são?

A bicicleta nem sequer respondeu porque já não se lembrava o que era uma joaninha. Devia ser a terra a entupir-lhe o raciocínio. Mas Hussi não desistiu.

— Logo que acabar a guerra venho buscar-te.

— Prometes?

— Prometo — respondeu Hussi enquanto deitava mais uma pazada de terra e cruzava os dedos, por detrás das costas, para dar sorte.

A bicicleta podia finalmente hibernar descansada. Sabia que Hussi era um menino de palavra. Que não ficaria enterrada até ao final dos tempos.

— Vai com Deus — disse com a voz empoeirada de emoção.

— Tens a certeza que não precisas de mais nada?

— Fura o dedo e faz um pacto comigo.

Agora já não eram apenas amigos, eram unha com carne, irmãos de sangue. Hussi respirou fundo, deitou um último bocado de terra, colocou as pedras calcinadas em círculo, retirou do pescoço o talismã que o feiticeiro lhe oferecera e colocou-o sobre o monte de cinzas. Antes de partir enfiou a sua flauta, feita com um tubo de eletricidade, terra abaixo.

— Assim podes ver o sol... podes respirar.

Não haveria nada nem ninguém capaz de matar a sua bicicleta. Hussi compreendera finalmente o que é uma guerra — não, não é o fim do mundo nem o princípio de outro. É o dia em que foi obrigado a deixar para trás a sua bicicleta.

VI

Hussi partiu contrariado para a aldeia dos seus antepassados. Pelo caminho fintou bombas e tiros, desafiou a corrente dos rios, maltratou arrozais com os pés doridos de cansaço. Alimentou-se de vento e de medo. Aprendeu que o luto carrega-se pelos dias, que os vivos também morrem.

— Ainda falta muito? — perguntava, de cinco em cinco minutos, o irrequieto Tuasab.

— Estamos mesmo a chegar — repetia dona Geca para animar a prole.

— Há dois dias que dizes a mesma coisa — protestava Totonito.

— Mas agora é mesmo a sério — tentava, em vão, aveludar o desânimo.

— Estou cansado — desabafava, com olhos de água, o pequeno Doskas.

Hussi cruzou com procissões silenciosas de refugiados a quem a guerra fez perder o destino. E o tino. Conviveu com fantasmas angustiados, rostos desamparados, o desassossego da esperança, a tranquilidade do medo. E viu cair muita gente, devorada pela fome e pelo desespero.

— Por que é que eles estão a dormir? — interrogava Doskas.

— Eles não estão a dormir — respondia a mãe.

— Então por que é que estão deitados?

— Ainda és muito novo para compreender estas coisas.

Para trás ficara a cidade de asfalto, capital de um país moribundo. Ruas desertas cobertas de cadáveres, casas abandonadas feridas de balas, almas penadas vestidas de medo. Uma sandália adormecida para sempre no lençol do rio. Um boné esquecido na atrapalhação da fuga. A fome, a tragédia, a irracionalidade. Os abutres em voo picado sobre corpos em decomposição.

— Aquele sangue é mesmo de verdade? — perguntava Doskas na sua inocência.

— Não olhem!!! — gritava dona Geca, ao mesmo tempo que enfiava os três filhos mais pequenos por baixo da enorme saia colorida.

— Claro que é de verdade — esclarecia Hussi.

— Hussi, eu não te disse para não olhares? — ralhava dona Geca.

— Se não olhar não consigo encontrar o caminho.

— Por que é que nas nossas guerras entre índios e cowboys não há sangue? — resmungava Tuasab.

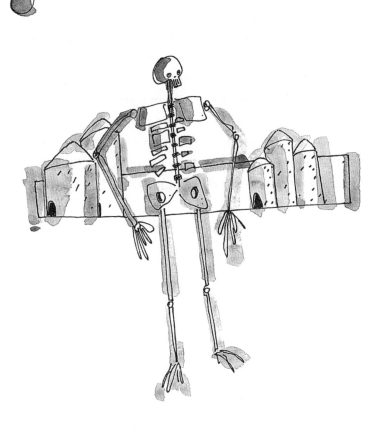

— Porque é tudo a fingir — respondia Hussi.

— As nossas guerras também são a sério — protestava, indignado, Tuasab.

— Parem com esta conversa pelo amor de Deus — ordenava dona Geca.

Para trás ficaram famílias divididas, os bairros *esventrados*, as vidas destruídas. Uma cidade inteira a sangrar de dor. O mar, cada vez mais longe. Um abraço de morte. Sombras que dançam sem parar. Gente que foge da própria vida. Um vendaval de violência que, a pouco e pouco, iria gangrenar o resto do país. Mas, apesar de contrariado, Hussi continuava com a passada firme rumo à aldeia dos seus antepassados.

VII

Mal chegaram ao destino, a mãe de Hussi apercebeu-se de que alguma coisa se passava com o seu rebento mais velho. De repente ficou distante, cabisbaixo, pensativo. O seu brilho acabrunhou-se. A imagem da sua bicicleta não lhe saía da cabeça, as saudades do pai apertavam.

— Sinto a vossa falta — confidenciou ao pedaço de bambu que lhe servia de travesseiro.

A bicicleta ficara abandonada e solitária por baixo de um monte de cinzas em Porto dos Batuquinhos. Estava enterrada, mas nada garantia que uma bomba perdida não lhe explodisse as entranhas. Abdelei Sissé também permanecera na capital, não a *arranjar cadernos* de escola — o seu ofício em tempo de paz — mas a desafiar, de arma na mão, as tropas do comandante Trovão. Era um dos muitos antigos combatentes da liberdade da pátria que se juntaram ao brigadeiro Raio de Sol na cruzada contra o homem que governava o país com mãos de ferro. A sua especialidade — atirador de metralhadora — não era de desprezar.

Quanto mais Hussi pensava no pai e na bicicleta, mais se convencia de que tinha de regressar à cidade. Quando finalmente ganhou coragem e comunicou à mãe a sua decisão, foi fuzilado com o olhar. E com estas palavras:

— Deves estar mas é doido.

Hussi não desistiu. Às vezes ter a cabeça dura serve para alguma coisa.

— Mamã... O que é que eu vou fazer aqui? — contra-atacou.

— E vais fazer o quê em Porto dos Batuquinhos?

— Vou ter com a minha bicicleta... ajudar o papá!!!

— Tira já esta ideia maluca da cabeça.

— Mas por quê?

— A tua bicicleta está muito bem onde está! E o teu pai...

Dona Geca não conseguiu acabar a frase. Virou as costas ao filho e fez o sinal da cruz.

— Quando fores grande vais compreender.

— Mas eu já sou grande.

— Desde quando?

— Foi o papá que disse que na guerra não há crianças.

— O quê?

— Foi isso mesmo que ele disse.

— Foi maneira de falar.

— Mas quem é que vai comprar os cigarros dele? — insistiu Hussi.

— Tu, de certeza é que não.

— Mas por quê?

— Não vou discutir mais contigo. O teu pai não te disse para vires para aqui? Disse, não disse?

— Disse... mas...

— Portanto não se discute mais.

Hussi fez a vontade à mãe e não discutiu mais. Dois dias depois de ter desembarcado na aldeia, fugiu, fazendo o caminho de regresso a uma cidade que *entretanto* se transformara em campo de batalha. Mais uma vez fintou bombas e tiros, desafiou a corrente dos rios, maltratou arrozais com os pés doridos de cansaço, alimentou-se de vento e de medo.

O seu tormento não terminou com a chegada à capital. O pior foi descobrir o paradeiro do pai: um soldado num campo de batalha é como uma folha no meio de um *imbondeiro*.

— Não viste o meu pai? Chama-se Abdelei Sissé — repetia, quase mecanicamente, a todos os que se lhe cruzavam pelo caminho.

— Não viste o meu pai? Chama-se Abdelei Sissé e *arranja cadernos* de escola.

Em vão. Numa guerra as pessoas perdem o nome e a profissão. Ganham, quando muito, uma especialidade, uma patente.

— Ah... o famoso atirador de metralhadora — respondeu, um dia, um soldado mais informado. — Está a fazer segurança na Rádio Libertação — acrescentou.

Os dentes de Hussi brilharam que nem cal. Só de pensar que iria, de novo, abraçar o pai... os seus pés ganharam asas. Quando deu de caras com o filho, Abdelei quase perdeu a fala.

— O que é que andas aqui a fazer? — perguntou ainda mal refeito do susto.

— Quero ficar contigo — respondeu Hussi.

— Mas aconteceu alguma coisa à tua mãe... aos teus irmãos? — A preocupação de Abdelei crescia a cada pergunta.

— Não... ficaram na aldeia.

— Por que é que não ficaste com eles? — A preocupação dava lugar à fúria.

— Quero ficar aqui contigo.

Ao ouvir este desabafo, o velho perdeu a compostura. Deu-lhe logo um tabefe que lhe deixou as orelhas a arder. Depois puxou do cinto e foi um festival de pancadaria. O velho bateu, bateu, bateu-lhe tanto! De nada serviu, porque Hussi não se vergou à força destes argumentos.

Quando Abdelei não tinha mais forças para bater, então falou:

— Hussi... isto não é lugar para uma criança — tentou desesperadamente explicar.

Nada feito. O menino tinha mesmo a cabeça dura e estava decidido a ficar ao lado do pai.

— Queres mesmo ficar, não é? — perguntou, já sem réstia de esperança.

— Sim — respondeu Hussi carregado de convicção.

— Ficas, mas vais ter de fazer tudo como um homem grande.

— Boa... e deixas-me ir ter com a minha bicicleta?

— Não deves estar bom da cabeça.

— Por quê?

— Só um doido é que iria agora para Porto dos Batuquinhos.

— Por quê?

— É muito perigoso.

— Por isso mesmo é que tenho de ir buscar a minha bicicleta.

— Nem pensar.

— Mas ela precisa de mim!!!

— Precisa para quê?

— Está sozinha.

— *E depois*?

— Com quem é que ela vai brincar?

— Na guerra não se brinca, Hussi. Queres mesmo ficar, não é? Então para de discutir e porta-te como gente grande.

E ele portou-se. Transportou armas e munições para

a linha da frente, fez de pombo-correio, foi ajudante de cozinheiro. Aprendeu a cozinhar arroz de todas as maneiras e feitios, mas durante quase um ano o prato principal foi uma mão cheia de nada. Não matou mas viu morrer. Conviveu com o cheiro nauseabundo dos cadáveres em decomposição, partilhou o dia a dia de combatentes com nomes estranhos como Capacete de Ferro ou Rambo das Facas, assistiu ao espetáculo dos abutres a *depenicarem* restos de corpos de mercenários estrangeiros, tropeçou em esqueletos de soldados que não tiveram direito à última morada. Caminhou entre os horrores de uma guerra fratricida com a mesma inocência com que antes pedalava na sua bicicleta pelas ruas da cidade de asfalto.

VIII

Numa guerra o tempo não passa sempre da mesma maneira. Quando há tiroteio os ponteiros aceleram, ficam em constante sobressalto, transpiram adrenalina, até parece que vivem a vida num só segundo. Depois há os períodos de acalmia — normalmente quando se limpam as armas e se prepara uma nova ofensiva. O relógio fica mais diletante, preguiçoso mesmo, parece *armadilhado* por uma sesta interminável. Cada segundo dura uma eternidade.

É nestes momentos que Hussi se refugia num canto e tranca as portas do seu mundo. Pensa em Abdelei e na sua metralhadora protetora, morre de saudades da mãe e dos três irmãos — só Deus sabe o que é feito deles —, sonha com Porto dos Batuquinhos e as acaloradas partidas de futebol, sorri ao lembrar-se do Bitunga, Tetse e Batcha, os seus amigos de peito. A sua viagem sentimental atraca invariavelmente na imagem de uma bicicleta, a sua bicicleta. Quando isso acontece, Hussi fecha bem forte os olhos — aprendeu com a experiência que é no escuro que se faz a transmissão de pensamentos, que é no escuro que consegue dialogar com a sua bicicleta.

O menino-soldado não tem dúvidas. Foi ela quem lhe indicou o norte entre os arrozais minados, quem lhe salvou a vida naquela emboscada do inimigo — dois dias de tiros sem parar, até os homens caírem para o lado, devorados pela fome e pelo cansaço, rendidos pelo fim das munições. Foi ainda ela quem lhe disse para mudar de trincheira no dia em que uma bomba chacinou quase toda a frente leste. Era a sua imagem quem lhe mantinha o espírito leve e tranquilo.

— Tenho saudades tuas — confidenciou Hussi na hora do descanso.

Para abafar a tristeza recordou os passeios pelas margens do Rio Seco, o cachecol do Barcelona a enfeitar o *guião*, as partidas que ela, às vezes, lhe pregava.

— Lembras-te daquele dia em que deixaste saltar a correia quando perseguíamos o Boca Negra? — quis saber.

Estes diálogos no escuro não passavam despercebidos. E começaram a ser motivo de preocupação para os seus novos amigos.

— Hussi, andas a falar muito sozinho — afirmou Capacete de Ferro, sempre atento às movimentações do mascote do batalhão.

— Estás a ficar *apanhado da cabeça* — sentenciou, meio a brincar, Rambo das Facas.

Hussi não respondeu às preocupações. Nem às provocações. Fechou os olhos ainda mais forte e sentiu-se mais longe da guerra, mais perto da sua bicicleta. O tempo caminhava lento, a fome cavalgava, o estômago abraçava as costas. Era a sua bicicleta quem, mais uma vez, lhe amparava o sofrimento.

— Nunca se deve pensar na fome — sentiu uma voz a *trautear* a sua cabeça.

Hussi ficava furibundo quando a bicicleta lhe saía com esta. O único neurônio que a fome ainda mantinha operacional disparatava. As discussões eram silenciosas, mas violentas. Tão violentas que a sua *carapinha* ficava ouriçada.

— Estás muito exaltado — disse-lhe, *a páginas tantas*, a bicicleta.

— Pois estou... quem está a passar fome sou eu, não és tu — respondeu-lhe em tom azedo.

— Eu sei... por isso é que te disse para não pensares na fome.

"Às vezes esta bicicleta consegue ser mais burra do que uma porta", pensou Hussi para consigo próprio, enquanto, para enganar a fome, deambulava de uma trincheira para outra.

Nestas ocasiões o que mais magoava a sua bicicleta era o fato de Hussi, normalmente tão brincalhão, perder o sentido de humor. Mas como era o seu melhor amigo, procurava arranjar desculpa adequada. E ninguém lhe tirava da cabeça que era a fome quem comandava essas variações de humor. A falta de comida deve transtornar o espírito, deixar as pessoas que nem baratas tontas.

— Eu disse para não pensares na fome... não te pedi que deixasses de pensar em comida — esclareceu a bicicleta de uma vez por todas.

Subitamente, o único neurônio operacional começou a brilhar. Tudo não passara de um mal-entendido. Afinal a bicicleta conhecia melhor do que ele os mistérios do relógio biológico — o cérebro da cabeça tem mais força do que o do estômago.

"Ela tem razão", pensou baixinho, *não fosse a bicicleta ficar com manias de importante.*

E Hussi seguiu à letra o menu: sonhou com uma barrigada de arroz, um cardume de peixes do rio a compor o repasto. Para sobremesa, uma daquelas mangas gigantes do quintal do brigadeiro Raio de Sol. Tudo acompanhado com um gostoso sumo de tamarindo. Quando finalmente veio a si, abriu os olhos, arrotou de felicidade. E foi apanhar um banho de lua.

IX

Milhares de mortos após o primeiro tiro, o tempo passava cada vez mais devagar, cada vez mais pesaroso, *parecia que o fio dos dias era tirado a papel químico.* Num dia, um dos lados conquistava uma trincheira, hasteava a bandeira da vitória, fazia discursos inflamados na rádio. A guerra está no fim, diziam. No outro, o inimigo reconquistava a posição perdida, a bandeira mudava de cor, os discursos ainda mais inflamados. A guerra está no fim, diziam. Um ritual mil vezes repetido, e a guerra com o seu cortejo de mortos, estropiados, refugiados.

A pouco e pouco as pessoas começaram a habituar-se ao rugido dos canhões, cada estrondo passou a ser melodia para os ouvidos. Entrou-se na rotina, bombardeamentos à hora marcada, as mesmas conversas nos *bunkers*[4] improvisados, os ataques à frente leste sempre depois da frente norte, as pausas das tardes de sá-

---

[4] *Bunker:* abrigo de guerra.

bado para, religiosamente, beber os relatos da bola. A Guerra do Balão entrou no quotidiano, colou-se à pele de todos, de cada um, os jornalistas estrangeiros evaporaram, o povo já vibrava mais com um golo do Figo[5] do que com as últimas da frente.

Só o comandante Trovão acreditava que a guerra estava no fim. Nunca saía do palácio, crente na palavra dos seus generais que, com medo de lhe dizer a verdade, inventavam sagas de vitórias memoráveis, planos de ofensivas, relatos das mais macabras chacinas. E ele rejubilava de prazer, as suas gargalhadas pareciam *banda sonora* de um filme de terror.

— Vou ter de mandar fazer um quadro para comemorar mais este feito — desabafava quando lhe contavam o que queria ouvir.

Os generais batiam afirmativamente com a cabeça, primeiro em câmara lenta, depois em ritmo cada vez mais frenético, a coragem crescia na ponta da língua, as palavras na companhia de gestos largos. Parecia que também eles já acreditavam nas próprias mentiras. Mas a farsa durava pouco, todos caíam de novo na realidade quando o comandante Trovão ordenava que chamassem o *pintor do regime* para dar as primeiras pin-

---

[5] Luís Figo: craque português que jogou no Real Madrid.

celadas na obra que iria mostrar às gerações vindouras os seus últimos feitos, mais uma demonstração da sua enorme coragem.

— Agora é impossível — respondiam invariavelmente.

— Impossível como? — retorquia o comandante.

— Sua Excelência não sabe que ele está muito doente... de cama... está com paludismo cerebral — informavam.

— Ah... é pena — lamentava sem se aperceber que desde o tempo em que invocavam esta desculpa já dava para o pintor ter morrido mais do que uma vez.

— Logo que estiver de pé quero-o aqui no meu salão. Ele tem de começar a trabalhar quanto antes — ordenava.

Os generais nunca sabiam se o comandante falava a sério ou a brincar quando se referia ao *pintor do regime*. O que sabiam é que ele nunca mais voltaria a pintar — o presidente tinha mandado arrancar-lhe os dois olhos com um alicate por não gostar da maneira como pintara o seu nariz no último quadro.

— Pensas que sou algum rinoceronte — foram as últimas palavras que o pintor ouviu da última vez que viu a luz do dia.

O *pintor do regime* até costumava ser generoso na maneira como retratava o todo-poderoso líder. Era, aliás, graças aos sucessivos retoques de generosidade que conseguia adiar a morte. Mas não podia exagerar e foi para dar algum realismo ao seu último quadro que optou pelo meio-termo — entre as narinas do comandante Trovão e de Michael Jackson, escolheu as do rinoceronte. Foi o seu único pecado: esquecer que o comandante Trovão se achava com pinta de estrela de cinema.

X

O comandante Trovão era uma personagem gorda, tão pesada que o chão tremia com as suas passadas de elefante. O seu rosto era uma cascata em alvoroço tanto o suor que lhe escorria pela testa, ainda assim nada comparado com o lago escondido por baixo do enorme casaco de pele de foca que um presidente de um país frio lhe oferecera e que teimava usar naquele mórbido calor tropical. Tinha o olhar de *pit bull* anestesiado, dentes pontiagudos, desalinhados, a pele mais gordurosa do que o *óleo de palma*. Os seus dedos eram pequenos e redondos. Talvez por isso usava sempre luvas de boxe forradas de cetim vermelho e recusava-se a cumprimentar os visitantes com um aperto de mão. Os buracos do nariz pareciam crateras de um vulcão, os lábios, grossos e carnudos, podiam servir de almofadas a uma donzela.

O comandante Trovão tilintava mais do que um porta-chaves por causa das inúmeras medalhas que trazia cravadas ao peito. Era uma espécie de árvore de Natal em cadência morna,[6] sempre apoiado numa bengala com

---

[6] Morna: música de ritmo lento, típica de Cabo Verde.

cabo de marfim onde mandara esculpir a juba de um leão. Felizmente andava pouco — passava os dias refestelado numa velha poltrona de veludo cor de *dióspiro*, a beber champanhe e a comer tremoços, sempre com o olhar vidrado no mapa de retratos que enfeitavam as paredes. Num deles, lá estava ele em pose de militar, o outro era uma cena de caça, ele *alcandroado* no seu ego com dois leopardos prostrados a seus pés. O seu preferido era aquele em que, tal como o Messias, rasgava as nuvens. Era assim que passava os dias, o futuro encalhado num glorioso passado, hibernado num palácio fantasma onde o silêncio era tão forte que até doía.

— Tirem aquele quadro dali — ordenou apontando para o retrato da sua primeira mulher.

A criadagem, ainda amedrontada pela punição infligida ao *pintor do regime*, escutou a ordem mas permaneceu estática.

— Não ouviram, seus incompetentes? Tirem já aquele quadro dali. — O bafo da sua voz foi tal que o candelabro francês plantado no meio do teto balanceou de medo.

Quando o comandante Trovão tinha estes ataques de fúria, a sua corte ficava paralisada. Nunca sabiam se eram ordens para cumprir ou o delírio de mais um pesadelo — às vezes quem obedecia às suas instruções era fuzilado por desobediência. Nestas alturas, cada segun-

do era todo o tempo do mundo, os criados controlavam-se pelo canto dos olhos, para ver quem seria o destemido que decidia avançar. Desta vez a ousadia coube ao anão albino, meio palmo de gente cor de *farinha inglesa*, andar de pato desengonçado a arrastar-se pelo imenso salão, olhos de cera a polir cada uma das tiras do soalho. Como era demasiado pequeno para alcançar a moldura, um dos seus colegas teve de o colocar aos ombros para poder atingir a razão da fúria do comandante.

— Queimem o retrato — voltou a repetir o comandante Trovão como que a mostrar que desta vez a fúria não era passageira.

Era a primeira vez, em toda a sua vida, que mandava queimar um quadro. A sua vaidade alimentava-se do mundo imaginário que cada tela representava, acreditava que a imagem tem algo de sagrado que não se deve provocar.

— Queimem este retrato — repetiu pela milésima vez. — Quero as cinzas numa bandeja de prata — acrescentou.

Dito e feito. Minutos mais tarde o anão albino regressou ao salão com um monte de cinzas adormecidas em bandeja de prata. Só parou à distância da respiração do chefe. O comandante Trovão nem sequer se levantou da poltrona. Mirou por largos momentos o monte de cinzas, depois passou-lhe as mãos de maneira carinhosa.

— Ayassa... Ayassa — murmurou como se de uma ave-maria se tratasse.

O anão albino foi o único a partilhar a confidência. O seu metro e trinta e cinco compreendeu que o comandante não queria queimar o retrato da sua primeira mulher, antes as lembranças da segunda. Queria exorcizar a imagem de Ayassa, da bela Ayassa.

Ayassa era um nome proibido das profundezas do oceano até à imensidão da floresta. Fez-se até um decreto presidencial para que não se pronunciasse o seu nome em público, nem que este fosse adotado por nenhuma criança durante uma eternidade de gerações. Quem não acatasse a ordem seria fuzilado na praça pública. Era o preço a pagar por acordar a dor que entupia o coração do comandante Trovão, por reencarnar a única mágoa da sua vida — Ayassa, a bela Ayassa, a menina dos seus olhos, a mulher que um dia se deixou cegar pela luz do amor e o trocou pelo brigadeiro Raio de Sol. Foi o seu maior amor, a sua pior traição. A punição foi exemplar — o comandante Trovão ordenou que lhe arrancassem o coração e o fizessem cozer durante sete dias e sete noites em *lume brando*. Com água do mar, para salgar todos os sentimentos.

— Chamem os generais — foi com esta ordem que despertou do doloroso pesadelo.

Num abrir e fechar de olhos, apareceu um batalhão

de militares, o Estado-Maior em peso, fardados a rigor, em sentido e pose marcial frente à poltrona do comandante Trovão. Ele nem sequer se dignou levantar os olhos, permaneceu refestelado na horizontal, os dedinhos rechonchudos a boiar nas luvas de cetim, as medalhas a fitar a imensidão do teto, as narinas de rinoceronte a deixar adivinhar a profundeza das entranhas, a mesma cascata de suor a encharcar o casaco de peles de foca, as mesmas mandíbulas pontiagudas, escondidas por detrás dos lábios carnudos.

— E esta guerra... em que pé está? — gritou a plenos pulmões.

Uma boa guerra sempre foi o melhor antídoto para a depressão. A resposta foi um silêncio que petrificou a sala.

— Está ou não está? — gritou tão alto que até os candelabros estremeceram.

O chefe do Estado-Maior sentiu um calafrio na espinha, um prenúncio de morte. Não podia continuar a enganar o chefe com evasivas. Uma palavra a mais, um adjetivo mal colocado, e era o fim.

— Não está... — murmurou como se tivesse um véu na ponta da língua.

— Não está como? Ontem não me disseram que controlávamos quase todo o país? — resmungou o presidente num tom ainda mais exaltado.

— Bom... não é bem assim! — respondeu o chefe do Estado-Maior.

— O camarada deve estar a brincar... só pode ser.

— A verdade é que estamos empatados — esclareceu o militar.

— Empatados? Empatados como? — gritou o comandante Trovão com todos os decibéis que lhe restavam na garganta.

— Sim, estamos empatados. Nós controlamos a cidade de asfalto, o inimigo a cidade de terra. Quando conquistamos uma aldeia do litoral, eles tomam logo conta de uma no interior. Mandamos no mar, eles no rio. A frente norte é nossa, a leste é deles. Estamos empatados, é isso... é isso mesmo — rematou o militar.

Foram as últimas palavras que alguma vez alguém ouviu do chefe do Estado-Maior. Foi fulminado com um tiro da pistola de prata que o comandante Trovão trazia sempre no seu coldre de pele de cabra.

— És um incompetente... não fazes falta — sentenciou o comandante Trovão, cuspindo sobre o cadáver.

Para carimbar o atestado de óbito, encostou a arma à têmpora do defunto e voltou a disparar. Em seguida espirrou ódio, as paredes ficaram caiadas de medo, o *dióspiro* da poltrona empalideceu. O soalho gemeu.

— Major Katinga: presta muita atenção ao que vou dizer — disse, virando-se para o braço direito do defunto.

— Quero que amanhã me tragam o crânio do brigadeiro Raio de Sol sobre uma bandeja de prata. Está compreendido?

O major Katinga começou a ver a sua vida a andar para trás. Nem se atreveu a ensaiar uma frase — tinha vinte filhos para criar, oito mulheres para sustentar. Sabia que qualquer palavra podia ser fatal.

— Está compreendido? — repetiu o comandante Trovão.

— Está compreendido, meu comandante — soletrou baixinho o major.

— Agora podem dispersar — ordenou com a voz de cacto a rasgar a garganta.

Mas deve ter-se arrependido porque *arrepiou caminho* no instante seguinte.

— Esperem, seus incompetentes. Mandem chamar o feiticeiro.

O professor Bambara deveria estar a escutar por detrás da porta porque respondeu logo presente.

— Sir, reu corandante.

XI

O professor Bambara era uma criatura minúscula, roliça, óculos de lentes espessas que nem fundo de garrafa, colar de conchas à volta do pescoço, barba de três dias, o corpo forrado por uma densa floresta de pelos por desbravar. Parecia uma almôndega peluda que rolava pelo soalho ao sabor das ordens do comandante Trovão.

— Explique-me por que é que ainda não ganhamos esta guerra?

O feiticeiro do regime fixou longamente o chão. À procura de algum pensamento brilhante, talvez à procura de inspiração divina. Quando finalmente abriu a voz, no seu estilo inconfundível, trocando os "emes" pelos "erres", respondeu:

— Eles têr ura amra secmeta.

Ao ouvir estas palavras o comandante Trovão deu um pulo da poltrona.

— Arma secreta? — repetiu na esperança de ter ouvido mal.

— Eles têr ura amra secmeta — confirmou o professor Bambara.

— Têm um novo canhão?... Compraram um helicóptero? — perguntou, preocupado, o presidente.

A sede de curiosidade do comandante Trovão secou a garganta do feiticeiro. A história da arma secreta tinha-lhe saído assim, quase sem querer — era sempre preciso ter na ponta da língua uma resposta pronta para o chefe. Agora tinha de o saciar. Tinha de ganhar tempo até arranjar um argumento *credível*.

— Não, não. Eles não têr ur canhão... não têr ur helicóptemo...

— Então que arma secreta é essa?

O professor Bambara revistou o salão com um ar misterioso. Mas o brilho do soalho não lhe iluminou o pensamento, a inspiração.

— Que arma secreta é essa? — repetiu o comandante Trovão.

A resposta do feiticeiro engasgou-se pelo caminho. As palavras tiveram medo de se soltar, ficaram atravessadas na *maçã de Adão*, afogadas numa onda de saliva, provocando um engarrafamento que lhe inchou a garganta. O professor Bambara ainda tentou engolir uma sílaba em seco para ver se descongestionava o tráfego, mas isso só piorou ainda mais as coisas. O inchaço contagiou o resto do corpo, os poros começaram a dilatar, a engolir os pelos um a um, e o sebo, até então camuflado, aproveitou a *aberta* para desfilar sobre a passarela de pele luzidia. Parecia que ia explodir a qualquer instante.

— Façam alguma coisa pelo homem — ordenou o comandante Trovão.

Ordens recebidas, ordens cumpridas — o major Katinga deu-lhe uma violenta palmada nas costas. O feiticeiro não aguentou o embate, perdeu o controle do centro de gravidade, rolou *alarvemente* pelo soalho, os óculos para um lado, o colar de conchas para o outro, só parou quando embateu contra um vaso de porcelana chinesa que marcava a fronteira do salão de audiências. A palmada não lhe soltou as palavras, mas estrelas da cabeça. E fez-se luz.

— Eles têr ura bicicleta rágica — desvendou o feiticeiro com o ar mais sério deste mundo, associando o trambolhão com a queda que dera quando tentava aprender a andar de bicicleta com o filho de Abdelei.

— Uma bicicleta mágica? Mas o que é que uma bicicleta tem a ver com a guerra? Bicicleta não dá tiros...

— Esta tarbér não dá timos..

— Então é mágica *por alma de quem*?

— É rágica pomque dá somte... pmotege os corbatentes.

O comandante Trovão ficou *espartilhado* entre a incredulidade e a apreensão. Uma guerra faz-se com facas, pistolas, metralhadoras, bazucas, minas, obuses, uma guerra faz-se com feridos e mortos, viúvas e órfãos, não com uma bicicleta. Esta era uma *tática que lhe passava completamente ao lado*. Era a prova provada de que o quatro estrelas — era assim que chamava o brigadeiro Raio de Sol para evitar pronunciar o seu nome e realçar ainda mais as vinte estrelas que lhe enfeitavam as divisas — não *olhava a meios* para o destruir.

— Dá sorte? Protege os combatentes? — O ataque de incredibilidade demorava a passar.

— Sir, reu corandante...

— Mas como?

— Pomque é rágica, clamo.

— Mágica, não é? Pois fiquem sabendo que quero a bicicleta viva ou morta. E é para já.

O Estado-Maior estava habituado a receber as ordens mais inimagináveis e disparatadas da boca do chefe. Mas eram mais ou menos realizáveis, mesmo que, como quando se tratava de punir um adversário, a imaginação do comandante Trovão não tivesse limites — todos ainda se recordam de uma vez em que mandou os seus engenheiros navais construir uma gigantesca frigideira para fritar um professor que ousara explicar aos alunos o significado da palavra liberdade.

— Assim, a liberdade já enche a barriga — ironizou quando cozinhava a sentença de morte.

Agora o inimigo era outro. Uma bicicleta não vem nos manuais militares, não usa óculos escuros nem veste camuflado, não tem orelhas para cortar nem olhos para arrancar.

— Como é que se mata uma bicicleta, Excelência? — o major Katinga arriscou uma pergunta.

— Mata-se matando, seu parvo — respondeu, convicto, o comandante.

O que restava do Estado-Maior acenou afirmativamente com a cabeça. Mas ninguém fazia a mínima ideia de como levar a cabo a execução. O ar começou a ficar irrespirável, não havia um pingo de oxigênio para alimentar os pensamentos. Todos sabiam, cada um sabia, que uma palavra, uma simples palavra, podia transformá-los em poça de sangue. Mas nem os seus olhares atônitos demoveram o comandante.

— Pensando melhor... matem-na primeiro. Mas quero que a matem devagar... devagarinho. Primeiro amputem-lhe os pedais, depois escalpem o para-lamas e só no fim decapitem o selim. Está compreendido?

Os olhos dos militares brilharam de satisfação. Tinham finalmente um plano de operações, ordens exatas para cumprir.

— Muito importante — acrescentou o comandante Trovão. — Quero que me tragam o selim sobre uma bandeja de prata. Está compreendido? — concluiu com o

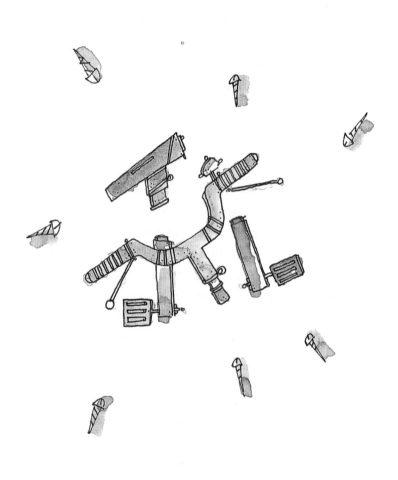

esboço de um sorriso vencedor enquanto acariciava a sua pequena pistola de prata.

— Está compreendido — responderam os militares.

Bateram a pala, fizeram inversão de marcha e partiram à caça da bicicleta mágica, a bicicleta de Hussi. Mas desta vez a expedição não foi comandada pelo chefe do Estado-Maior, que jazia no soalho do salão presidencial. Contra um inimigo com poderes mágicos, o comandante só podia ser feiticeiro.

O professor Bambara instalou-se no jipe da frente, ao lado mesmo do condutor, mas manteve-se de pé porque o banco era demasiado pequeno para albergar a sua massa gordurosa.

— Dimeção Pomto dos Batuquinhos — ordenou com autoridade. — Varos pama casa do cidadão Abdelei — acrescentou.

Atrás, impassível, seguia o coronel Bufo, um homem de quem se dizia que era mais mau do que as cobras — e não era por causa de uma jiboia que trazia sempre enrolada ao pescoço. Era ele quem mostrava o caminho — sempre por gestos, porque era mudo de nascença. Mandou virar à direita no fim da cidade de asfalto, descer o morro que fica a meio da cidade de terra e contornar a margem do rio quando, ao longe, avistou Porto dos Batuquinhos. Quando finalmente a expedição roçou a soleira do bairro, o coronel Bufo deu ordens para parar. Fez uma série de gestos com os braços, a tropa ficou à espera de tradução. Foi então que a jiboia deslizou lentamente pelo pescoço abaixo e, ao chegar ao chão, começou a desenhar palavras na terra avermelhada. As ordens não podiam ser mais claras. "O primogênito de Abdelei e proprietário do inimigo pedalante vive no espaço contíguo àquela lixeira", foi assim que a jiboia desenhou no chão as ordens superiores.

Era mesmo a casa de Hussi, a prova de que o coronel Bufo tinha feito o trabalho de casa. Outra coisa não seria de esperar de um homem que nunca brincava em serviço — levava tão a sério as suas funções a ponto de saber de cor os pratos preferidos de todos os seus compatriotas para assim poder escolher um veneno a condizer com a *ementa*.

Com o inimigo pedalante era diferente. Uma bicicleta só bebe óleo e óleo não se mistura com veneno. Era por isso que trazia a chave de fendas no bolso. Só de pensar na hora de a desaparafusar o seu ânimo ganhava novo alento.

Enquanto o coronel Bufo delirava, a tropa avançava. Primeiro deitaram abaixo a *palhota* de Hussi, com tanta raiva que o *colmo* até gemeu. Depois retiraram, uma a uma, as pedras calcinadas que serviam de amparo às panelas. No fim, a casa da família Abdelei resumia-se a um monte de escombros.

— Pámer!!! — gritou o professor Bambara quando os soldados começaram a *esgravatar* as cinzas.

O coronel Bufo sentiu-se desautorizado e gesticulou para que continuassem. A tropa ficou dividida entre o divino e o secular. E quando a jiboia se preparava para passar a ordem por escrito o feiticeiro deu um grito tão alto que fez eco no Cais das Sombras.

— Não veer o que está ali? — disse apontando para um talismã que repousava no centro das cinzas.

Os soldados começaram a sentir suores frios, a transpirar um líquido viscoso cor-de-rosa, a perder a *carapinha*, a sangrar dos olhos, a vomitar pelos ouvidos, nas entranhas um fogo bravio. Um cheiro nauseabundo asfixiou a brisa em Porto dos Batuquinhos. O dia apagou-se, o pôr do sol mergulhou numa noite escura e misteriosa.

— A casa de Hussi está enfeitiçada — declarou o professor Bambara.

Foi a debandada geral. Na retirada houve quem se esquecesse da arma, da própria alma. A expedição só voltou a recuperar os espíritos quando avistou a cidade de asfalto. Pareciam seres vindos do outro mundo, tinham um problema deste mundo para resolver — não podiam regressar ao palácio de mãos a abanar.

— E agora? — perguntou um dos soldados.

— Estaros todos retidos nura gmande erbmulhada — balbuciou o feiticeiro do regime.

— E agora? — indagou outro soldado.

— Só sei que não volto a colocam os pés er Pomto dos Batuquinhos — frisou o professor Bambara.

— Eu também — rezaram quase que em coro os restantes.

O único que se mantinha silencioso era o coronel Bufo — a coragem nunca fora o seu forte, o ataque compulsivo de pavor deve tê-lo ensurdecido de vez. As suas calças encharcaram-se de medo. O pânico estrangulou-lhe as ideias.

— Ter algura sugestão? — perguntou o professor ao chefe da segurança.

A resposta foi um longo silêncio.

— Você ter algura sugestão? — gritou o feiticeiro.

Novo silêncio, desta feita mais longo.

— Pergunta ao teu chefe se ele ter algura solução — a mesma pergunta, agora bem nos ouvidos da jiboia.

A serpente fez uma cara de poucos amigos quando deslizou lentamente até ao chão. Dirigiu-se lentamente até à *berma* da estrada — era o que sempre fazia quando tinha de dar instruções na cidade de asfalto — e começou a desenhar meia dúzia de palavras na terra avermelhada. Os soldados, e o professor Bambara, não queriam acreditar nos seus olhos quando leram a seguinte frase: "Feitiçaria é contigo".

O feiticeiro do regime não teve outro remédio senão

assumir de novo as rédeas da missão. Deambularam de bairro em bairro, rua a rua, casa a casa, porta a porta, à procura de uma bicicleta.

— Encontrei! — exclamou a dado momento um soldado.

E foi uma festa. O coronel Bufo guardou o pânico no bolso e até deu pulos de contente, disparou rajadas de metralhadora para o ar, parecia uma criança no recreio.

— Esta não semve... não ter selir — reparou finalmente o feiticeiro.

E recomeçaram as buscas. Voltaram a deambular de bairro a bairro, rua a rua, casa a casa, porta a porta. Quando finalmente encontraram uma bicicleta, decapitaram-lhe o selim e colocaram-no sobre uma bandeja de prata. E fizeram um pacto de silêncio.

XII

O comandante Trovão não conseguiu disfarçar um sorriso triunfante quando o feiticeiro do regime lhe apresentou o tão desejado troféu. Pela segunda vez, desde o início da guerra, deu um pulo da poltrona; pela primeira vez, desde que se conhecia, embrulhou a criadagem num abraço de felicidade.

— *Com que então* eras uma bicicleta mágica!!! — exclamou, em tom irônico, ao mirar o selim que repousava sobre a bandeja de prata.

Mas, apesar das acaloradas manifestações de alegria, manteve sempre uma certa distância, evitou tocar nos restos mortais do inimigo pedalante. Não por medo, apenas por mera precaução. Na sua cabeça, os espíritos guardam o ódio dos vivos, era preciso neutralizar o último suspiro de vingança da bicicleta.

— Quero que o mundo inteiro saiba que matamos a arma secreta do inimigo — proclamou, alto e em bom som.

O anão albino, embriagado pelo deslumbramento provocado pelo abraço do comandante Trovão, teve um ataque de histeria e deu uma cambalhota de contentamento: primeiro fez uma vênia demorada e cerimoniosa ao líder todo-poderoso, depois começou a desabotoar a braguilha para urinar sobre o selim. Pagou caro a derrapagem — seis tiros à queima-roupa, no coração do coração.

— Dá-se uma falange a esta gentinha e querem logo o braço todo — gritou irritado o comandante Trovão, depois de soprar no cano da sua pistola de prata.

— Também não deixas falta. Nem sequer eras gente... eras uma ameaça de gente — acrescentou.

A criadagem, que enganava o tédio e o pavor com os delírios e as palhaçadas do anão albino, ficou em estado de choque. Nem se atreveu a olhar para o cadáver para não correr o risco de ser condenada à pena capital. Num canto do salão, o professor Bambara *deixou-se deslizar por baixo do barrete* vermelho, para tapar o medo, esconder o ar comprometido. No outro, o coronel Bufo retirava resmas de cera dos ouvidos, mas permanecia surdo que nem uma porta. Nos intervalos da operação de limpeza *deitava contas* à vida, já adivinhando o fim do poder e das mordomias, porque na sua profissão ser mudo é uma mais-valia, mas ser surdo é sinônimo de desemprego.

— Coloquem o selim em *câmara-ardente* — ordenou o comandante Trovão. — Quero que o povo veja o que resta da arma secreta do inimigo.

— E chamem o escriba — acrescentou.

Na ausência do anão albino foi o corcunda zarolho quem *deu o corpo ao manifesto*. A súbita tremedeira do olho saudável era barômetro de nervosismo. Nada mais natural, era a sua primeira grande missão, acabara de assistir ao triste fim da malograda criatura de meio palmo. Mesmo assim sentiu-se um privilegiado, era mais um passo na carreira, mais um degrau na escada que o haveria de levar ao apetecido cargo de engraxador do regime.

— Reverendíssimo comandante Trovão, caríssimo líder. Permita-me anunciar o súdito que Vossa Excelência solicitou. E desde já manifesto os meus mais sinceros obséquios por interromper os seus augustos pensamentos — disse momentos mais tarde, em tom pomposo, o substituto do anão albino.

O comandante Trovão não percebeu patavina mas apreciou o palavreado rebuscado, a deferência subserviente. Apreciou tanto os salamaleques do corcunda zarolho que estendeu o tapete do diálogo.

— Nunca te tinha reparado. Qual é o teu nome?

— Fui registado nos Anais da Conservatória Central como Aristoflocos Pastelório Tuó.

— O quê?

— Confirmo, digníssimo... Aristoflocos Pastelório Tuó.

— Mas isso é um bocado complicado... não tens nada mais fácil?

— Tenho sim. Tenho o meu nome de batismo, que é Bemfeito Celestial, Sua Excelência.

O comandante Trovão olhou de cima para baixo o corcunda zarolho. E deu uma gargalhada sonora.

— *Com que então* és benfeito!

— Desculpe, excelentíssimo comandante, faça o obséquio de repetir porque não absorvi os seus dizeres.

— Esquece... esquece. Continua o teu trabalho.

— Com certeza, meritíssimo. É pois com um prazer intraduzível, sentido do dever incomensurável, patriotismo inquestionável, que introduzo o socrático Doutor Pergaminho — acrescentou, em jeito cada vez mais cerimonioso.

As portas pararam de ranger, o candelabro estacionou o balancear, os quadros colocaram-se em sentido, as paredes caiaram-se de admiração. Os dotes oratórios do corcunda zarolho hipnotizaram o Palácio Presidencial.

— Doutor Pergaminho, preciso comunicar ao mundo a morte da bicicleta mágica — as palavras do comandante Trovão cortaram o silêncio.

A socrática personagem, atarantada com a eloquente bagagem linguística do corcunda zarolho, nem sequer teve alma para esboçar uma resposta.

— Doutor, é consigo que estou a falar!!! — sublinhou o presidente.

Do intelectual do regime não se ouviu uma única palavra. Parecia que tinha engolido a língua, as palavras acantonadas no céu da boca, os adjetivos envergonhados na sua insignificância. Por mais que se esforçasse só conseguia emitir sons indecifráveis.

— Não compreendo nada do que está a dizer — protestou o comandante. — Vocês intelectuais complicam sempre tudo — acrescentou.

O escriba bem tentava arquitetar um parágrafo mas as frases eram imediatamente abafadas pelos grunhidos. Começou a desesperar, as palavras abriram caminho aos gestos, um dos olhos ficou refém de um tique nervoso, as costas vergaram-se ao peso da humilhação. O Doutor Pergaminho *virou marreco da comunicação*.

— Tem de parar com as leituras noturnas porque está a ficar muito cansado — advertiu o comandante.

Depois, dirigindo-se ao corcunda zarolho, acrescentou: — Já que tem queda para as letras, escreva o comunicado oficial.

— Estou ao inteiro dispor de sua reverendíssima pessoa para desempenhar as funções do pretérito escriba — respondeu de imediato.

Ainda nem sequer tinha engolido a saliva que envolvia a última palavra e já *engalanava*, sobre uma folha de papel, o seu dicionário de palavras difíceis. Estava a subir *a pulso* na hierarquia do regime.

— Quero que este comunicado seja lido na rádio vinte e quatro horas por dia — ordenou o comandante Trovão, mal o corcunda zarolho colocou um ponto final no texto.

— E já que está com a caneta em punho, escreva também esta lei: "Quem for apanhado a pensar numa bicicleta será imediatamente fuzilado".

— As suas ordens são versículos, reverendíssimo chefe — afirmou o corcunda zarolho, do alto do seu novo altar.

XIII

A Rádio Libertação censurou a notícia da morte da bicicleta. Mas mesmo que não o tivesse feito, certamente que não chegaria aos ouvidos de Hussi — nos últimos tempos o filho de Abdelei Sissé era o pombo-correio de serviço, não tinha tempo sequer para embalar uma sesta, muito menos para ouvir *telefonia*. Foi quase por acaso que a bomba lhe explodiu aos ouvidos.

— Se neutralizaram a nossa arma secreta vão ganhar a guerra — lamentou um soldado entrincheirado na frente leste.

— Não é bem assim — respondeu outro. — O brigadeiro Raio de Sol deve ter outros trunfos.

— Mas não são mágicos, com certeza.

— A magia está do nosso lado. Não é preciso uma bicicleta.

Hussi ia amealhando pedaços de conversa, absorvendo dúvidas e esperanças, aguçando o apetite da curiosidade.

— Que história é essa? — perguntou, a certa altura.

— O inimigo matou a nossa bicicleta — respondeu um dos soldados.

— Qual bicicleta? Mas nós temos uma bicicleta? — interrogou, meio aparvalhado, Hussi.

— Tínhamos — respondeu o outro soldado. — E ainda por cima era mágica.

— Não sabia... — confessou o filho de Abdelei.

— Não sabias que tínhamos uma bicicleta mágica em Porto dos Batuquinhos?

A simples evocação de "Porto dos Batuquinhos" mexeu com a sua tranquilidade.

— Em Porto dos Batuquinhos? — foi já o seu sexto sentido quem fez a pergunta.

— Ouve cá... tu vives na lua ou quê? Não se fala de outra coisa!!!

— Mas eu não ouvi nada.

— Não ouviste a história da bicicleta mágica de um menino de Porto dos Batuquinhos? Não? Foi essa bicicleta que mataram.

Não foi preciso somar dois mais dois para compreender que a tão falada arma secreta, a bicicleta mágica, a bicicleta barbaramente assassinada, era afinal a sua bicicleta. Hussi quase morreu de desgosto. *Chorou que nem uma madalena*, esperneou que nem peru em véspera de Natal, gemeu que nem uma bananeira. Sentiu-se culpado por continuar a viver.

Quando a imensidão da dor lhe anestesiou o desgosto, prostrou-se num buraco da trincheira e refugiou-

-se num silêncio de morte. Ficou inconsolável, para desespero dos soldados que já tinham esgotado todo o latim para o reanimar. Quase que já davam o caso como perdido quando decidiram pedir reforços — Capacete de Ferro e Rambo das Facas, os dois amigos do menino soldado.

— Não gosto de te ver assim — disse Rambo das Facas mal o avistou.

— Nestas coisas é preciso ter calma... muita calma — acrescentou Capacete de Ferro. — Esta coisa de bicicleta mágica é propaganda do inimigo. Ninguém nos diz que essa tal bicicleta seja a tua.

Hussi respeitava muito as opiniões dos dois amigos. Porque eram seus amigos. Mas só começou a desembaraçar-se da letargia quando Capacete de Ferro fez a seguinte sugestão:

— Se for preciso vamos até Porto dos Batuquinhos esclarecer essa história.

— Prometes? — a voz de Hussi ganhou vida nova. — Prometes?

— Claro que sim!!!

Naquela mesma noite um batalhão de voluntários, chefiado por Capacete de Ferro, fez-se ao mato. Foram dois dias sem parar, sem comer, sem dormir, sem esperança em sobreviver. Dois dias debaixo de fogo inimigo, debaixo de ataques de mosquitos, debaixo de uma floresta de medo. Dois dias a ler o chão por caminhos que já ninguém caminha. Dois dias em que a amizade por Hussi foi mais forte do que todos os perigos.

— Aquela é a minha casa — apontou Hussi para um amontoado de destroços espalhados junto à lixeira de Porto dos Batuquinhos.

Os soldados cercaram o perímetro das operações e Hussi começou a cavar no exato local onde tinha enterrado a sua bicicleta. Nem o fato de não ter visto o talismã que o feiticeiro lhe oferecera lhe desanimou as forças. Cavou tanto que aquilo já não era um buraco, era uma trincheira.

— Vês alguma coisa? — perguntou Capacete de Ferro.

— Nada — respondeu, quase sem um pingo de esperança.

Mas continuou a cavar, com as mãos, a boca, os olhos, sobretudo com o coração. O buraco crescia, dava para sepultar não uma bicicleta, mas vários blindados. Dos seus olhos começou a deslizar uma lágrima.

— Mataram a minha bicicleta! — gritou Hussi, quando já não havia uma nesga de terra por onde cavar, ponta de esperança por onde pegar.

— Calma, meu irmão — era a voz Capacete de Ferro a tentar tranquilizá-lo.

E com o seu sentido prático, o experiente militar acrescentou:

— Só há cadáver quando se encontra o corpo.

— Mas eles decapitaram o selim — respondeu Hussi.

— Mas então onde é que está o resto do cadáver? Só está morto quem foi enterrado. Não há morte sem funeral — concluiu Capacete de Ferro.

O raciocínio do amigo não esvaziou o sofrimento do menino. No caminho de regresso à trincheira da frente leste, a dor pesava que nem chumbo. Com o andar ela ficou mais *ligeira*, com as notícias de novas vitórias contra o inimigo, diluiu-se um pouco mais. Um sentimento estranho e contraditório, uma dúvida forte e consistente, invadiu o seu pensamento.

— Se mataram a minha bicicleta, por que é que não conseguem ganhar a guerra?

Ao sétimo dia Hussi deixou de chorar. Não porque a tristeza tivesse evaporado, mas porque, por pudor, as lágrimas começaram a deslizar pelos rios interiores da cara.

XIV

Naquele domingo Hussi acordou cedo. Como de costume. Para ele era um dia como os outros. Para o brigadeiro Raio de Sol era o dia do assalto final. Por volta das seis da manhã as armas vomitaram fogo. Começou a fúria. Era tam, tam, tam como nunca se tinha ouvido. Só que desta vez não foram apenas balas que caíram do céu. Foram disparos de RPG-7,[7] de obuses, de blindados, um monólogo de artilharia que amedrontou até as pedras da calçada. Só que desta vez as tropas do brigadeiro Raio de Sol passaram pelas linhas controladas pelos homens do comandante Trovão como faca por manteiga.

Vencido, humilhado, o presidente enterrou-se nas catacumbas do Palácio juntamente com a sua galeria de retratos. Ainda gritou umas ordens mas nenhum general, nenhum criado, respondeu presente. O único que se manteve ao seu lado, fiel até ao fim, foi o feiticeiro.

— Quero que me transformes em mosca tsé-tsé — ordenou o comandante Trovão.

---

[7] RPG-7: lança-granadas de fabricação soviética.

— Pama quê, reu corandante?

— Quero picar esta gentinha — deu uma sonora gargalhada ao mesmo tempo que passava a língua pelos dentes pontiagudos.

— Não sei se consigo!

— O quê?

— Está ber, vou tentam.

O professor Bambara preparou umas *mezinhas* à base de asas de morcego e olhos de cobra, fez umas rezas barulhentas. Como o comandante Trovão nunca mais foi visto em carne e osso, a poção deve ter funcionado.

Hussi assistiu à ofensiva final na linha da frente. Colou-se aos revoltosos quando abandonaram as trincheiras e avançaram decididos em direção à cidade de asfalto. Pelo caminho viu o estado lastimável em que os mercenários estrangeiros deixaram o mais bonito hotel do país e o mercado principal, antes *a rebentar pelas costuras*, completamente às moscas. Quando finalmente pisou o *alcatrão*, sentiu-se no cume do mundo. Parou para respirar fundo, olhou para trás e compreendeu que aquela era a rota da vitória. Nunca imaginara que pudesse ser tão fácil. Os "aguentas" — a célebre milícia privada do comandante Trovão —, que antes passeavam a sua violência pelas ruas da cidade, tinham perdido a valentia.

Vencedor, triunfante, o brigadeiro Raio de Sol regressou à sua velha casa de Porto dos Batuquinhos para respirar o cheiro da bela Ayassa guardado dentro de um livro de poemas de amor. Trocou as honras de chefe de Estado pela estante, o poder das espingardas pela solidão da horta. E prometeu a si próprio nunca mais pegar numa arma, nunca mais disparar um tiro.

— Nenhuma guerra vale a pena... a vida humana não tem preço — declarou no seu discurso de vitória.

Houve quem não ficasse convencido. E não foram poucos os que foram a sua casa de Porto dos Batuquinhos pedir-lhe que reconsiderasse a sua posição, ajudasse o país a livrar-se dos traidores, a espezinhar os adversários.

— Um homem só tem o direito de olhar para outro de cima para baixo para o ajudar a levantar.

Nunca mais ninguém voltou a insistir. Foi ponto final na bajulação.

Durante a noite do assalto final, Hussi deliciou-se com o fogo de artifício da artilharia. Quando a madrugada acordou, o menino soldado pedalou com as suas sandálias de plástico até ao jardim central da capital. Assistiu à confusão em frente ao quartel-general dos mercenários, com a população a gritar por vingança e a querer reduzir o edifício a cinzas. Viu os estrangeiros encurralados na sua arrogância a fugir com o rabo entre as pernas para se refugiarem na sede das Nações Unidas. Viu também os livros, que nunca teve, serem consumidos pe-

las chamas assassinas. E a pilhagem que se seguiu. Apanhou uma fitinha tricolor, que colocou à volta da testa. É o seu único troféu de guerra.

— Esta fitinha ficava bem no teu *guião* — a lembrança da sua bicicleta continuava grudada no pensamento.

A romaria dos vencedores continuou pela antiga Avenida Comandante Trovão, rebatizada de Liberdade. Hussi nem queria acreditar nos seus olhos. Lá ao cimo, na Praça da Independência, o espetáculo era luminoso. Não era apenas o Palácio Presidencial que ardia como um archote, era o símbolo do regime.

Mais uma vez, Hussi assistiu ao saque e à ira da população. Subiu as escadas do velho edifício colonial, atravessou as portas imponentes, vagueou pelas enormes salas abandonadas, vasculhou destroços calcinados, distribuiu abraços pelos soldados vencedores, tropeçou em Kalashnikovs que dormitavam pelo chão. Pela primeira vez na vida tinha uma arma só para ele. Pela primeira vez na vida, era o centro do mundo.

— Este menino é um herói — disse bem alto Capacete de Ferro, para que toda a gente pudesse ouvir.

— Ele é muito corajoso — confirmou Rambo das Facas.

Todos lhe louvaram a bravura, a coragem, a determinação. A sua inconsciência.

XV

Desde que as armas se calaram, Hussi não tem um minuto de descanso, continua a sua marcha triunfal pelas ruas da cidade de asfalto lado a lado com os seus companheiros de armas. Alguns são pouco mais velhos do que ele, a maioria é veterana nessas andanças. Já foi vezes sem conta ao Palácio Presidencial confraternizar com os soldados e saciar a curiosidade dos *mirones*. Esteve no cais a ver chegar os primeiros barcos, as primeiras notícias. Esteve nas instalações da Rádio Libertação a matar saudades dos velhos tempos em que, para enganar o medo, deliravam com a falta de pontaria das forças do comandante Trovão. E esteve nas instalações da Armada, onde toda a gente o acarinha e trata por Comandante Hussi. Só ainda não esteve no Hospital, talvez porque não quer ver o que a guerra fez aos velhos que podiam ser o seu pai e, sobretudo, aos outros meninos que tiveram menos sorte. São meninos a quem a guerra ceifou pernas, vidas e família. Meninos a quem a guerra ceifou o futuro.

Hussi é um menino de sorte porque sobrou. Quase ganhou a sorte grande porque não foi só ele que sobrou, foi toda a família. A mãe continua com os outros três filhos na aldeia dos seus antepassados à espera de uma oportunidade para regressar a casa. O pai ainda não recomeçou a *arranjar cadernos* de escola porque monta guarda no Forte da Liberdade — transformado *entretanto* em prisão de muitos "aguentas".

— Só faltas tu — continuou o monólogo com a sua bicicleta.

Hussi não obtinha qualquer resposta. Por mais que se esforçasse em fechar bem forte os olhos, por mais que se esforçasse em criar um mundo escuro na sua cabeça, a sua bicicleta permanecia silenciosa. Não havia maneira de fazer a transmissão de pensamentos.

— Vá lá, diz qualquer coisa — suplicava, em vão.

Num dia desses, o menino soldado cruzou com o pai numa das inúmeras manifestações organizadas para celebrar a vitória. Abdelei jubilou de emoção. Ao princípio pensou tratar-se de uma visão provocada pelo excesso de *vinho de palma*.

"Hussi tem a cabeça dura mas nunca se iria deitar na almofada do arco-íris", pensou para com os seus botões.

Depois deu um desconto ao reflexo do sol sobre o asfalto e viu uma fitinha tricolor, a bailar ao vento, avançar em sua direção.

"Não... não estou a sonhar... aquela *carapinha* só pode ser dele", pensou em voz baixa.

Não, não podia ser uma miragem. Mas só quando o seu olhar mergulhou naqueles olhos grandes e luminosos é que perdeu as dúvidas que ainda restavam — era mesmo Hussi, o seu Hussi. Abdelei acenou um sorriso e saltou sobre o mar de gente que o separava do filho. Quando encalhou nos seus braços deu-lhe um abraço tão forte que quase lhe partia as costelas.

— Deus é grande... Deus é grande — repetiu numa desesperada tentativa de encontrar uma explicação para o fato de ele ainda estar vivo.

Hussi ficou tão abalado que quase não conseguia respirar. Um fio salgado saía-lhe dos olhos. Mesmo assim desembrulhou um sorriso e a primeira frase que lhe atropelou a língua.

— Agora que a guerra acabou, já comi pão e leite.

Abdelei voltou a dar-lhe um abraço do tamanho do mundo. Só recuou quando, com a ponta dos dedos, roçou o que lhe pareceu ser a coronha de uma pistola.

— O que é isto? — perguntou com cara de poucos amigos.

— É uma pistola — respondeu Hussi embaraçado.

— E posso saber o que é que andas a fazer com uma pistola?

— Encontrei-a no Palácio.

— Dá-me já isso. Não sabes que a guerra não é brincadeira de criança?

Com uma mão Abdelei retirou-lhe a pistola do bolso, com a outra acariciou carinhosamente a fitinha tricolor. Durante alguns momentos pai e filho pareciam estátuas silenciosas e contemplativas. Era como se o mundo tivesse parado, a manifestação tivesse esbarrado contra um sinal de STOP.

— Tenho de ir... estão à minha espera no Forte — soprou-lhe Abdelei aos ouvidos.

— Está bem... está bem — retorquiu Hussi.

— Mas tu vens comigo! — sugeriu o pai em jeito de ordem.

— Prometi ao Capacete de Ferro ir ter com ele à Armada para me ensinar a jogar às damas.

— Está bem... mas logo que acabares vem ter comigo ao Forte.

— Sim... Sim — respondeu Hussi.

Abdelei deu-lhe um último abraço e desapareceu apressado por entre a multidão. Hussi seguiu na direção oposta rumo à sua nova família: os marinheiros da Armada, a casa que o acolhera.

É aí que o mascote dos revoltosos vive a ressaca da guerra e embala os seus sonhos de criança. Como muitos meninos da sua idade, quer ser jogador de futebol — gosta de Luís Figo mas prefere ser jogador do Barcelona. Mas isso é só para mais tarde. Por agora, o que ele quer mesmo é regressar à sala de aulas. Por isso, quando o novo ano letivo começar, Hussi vai vestir a *bata*, que não tem, pegar nos livros, que não tem, e preparar a merenda, que não tem. E vai partir para a batalha da sua vida.

XVI

A guerra de Hussi não terminou com o fim dos combates, porque os seus pensamentos continuavam estrangulados pelo desaparecimento da bicicleta. Por isso, logo que a situação acalmou, deu um salto até à sua casa em Porto dos Batuquinhos. Já não alimentava esperanças de que estivesse viva mas queria, ao menos, encontrar um raio, um retrovisor, um simples parafuso, uma porca, ou até mesmo o cachecol do Barcelona, para fazer um funeral digno. Fazer o luto.

— Só está morto quem foi enterrado. Não há morte sem funeral — relembrou as palavras do amigo Capacete de Ferro.

Foi uma visita-relâmpago, nem deu para abraçar os amigos ou participar num animado jogo de futebol.

— *Malta*, é o Hussi — gritou de alegria Bitunga quando avistou o amigo.

— Vem depressa, estamos a perder por três a zero — acrescentou.

Boca Negra deve ter ouvido o SOS do dono, porque invadiu o campo e quase marcava um golo de cabeça. Depois correu para fora das quatro linhas e enrolou-se entre as pernas do filho de Abdelei. Era a sua maneira de desejar boas-vindas.

Hussi desembaraçou-se com diplomacia do melhor amigo do Bitunga — deu-lhe um pedaço de pão que trazia no bolso — e atravessou o terreno de jogo a passo de cometa. Mesmo assim reparou que o Batcha continuava uma fortaleza no jogo defensivo, que Tetse estava acantonado junto à linha lateral e que Bitunga, como de costume, *não só deitava os foguetes como ainda apanhava as canas*. Era o maestro de sempre mas faltava-lhe alguém capaz de voar sobre os centrais, um matador para colocar a cereja sobre as suas fantasias. Hussi era o único que faltava neste retrato de família, porque de resto nada mais parecia ter mudado no estádio de Porto dos Batuquinhos. Não é bem assim — agora jogavam com uma bola nova, cor de oliva, feita com meias dos soldados do comandante Trovão. Despojos de guerra.

Mal avistou o que restava da sua casa, voltou a ter um aperto no coração. O cartão das paredes, o *colmo* do teto, as esteiras, as pedras calcinadas da cozinha, até o buraco nas traseiras que servia de *casa de banho*, tudo tinha desaparecido. Restava apenas a *alcatifa* de terra batida e um amontoado de destroços.

— Ainda bem que a mãe levou o calendário de Nossa Senhora de Fátima — disse enquanto se colocava de cócoras para melhor resistir ao embate da desolação.

Foi então que teve uma visão. O talismã que colocara sobre as cinzas para proteger a bicicleta na altura da fuga, e que desaparecera quando regressou a Porto dos Batuquinhos com Capacete de Ferro para confirmar o infortúnio, repousava num dos cantos. Lágrimas de esperança *perlaram* pela cara baixo. E desatou a cavar, as mãos entranhadas na terra avermelhada, desatou a cavar, as mãos à procura do seu tesouro mais valioso, desatou a cavar, o buraco era cada vez mais profundo, desatou a cavar, e nada, nada de bicicleta, nem mesmo um parafuso de consolação.

— Está frio... — uma voz ecoou das profundezas da terra.

Hussi não prestou muita atenção, estava demasiado concentrado na sua tarefa.

— Agora está morno... — era o mesmo ruído de fundo só que cada vez mais audível.

Hussi continuou a busca. A cavar com as mãos cada vez mais avermelhadas, as entranhas da terra cada vez mais esburacadas.

— Está quente, a arder...

Os seus dedos tropeçaram contra um objeto metálico, de contornos indefinidos — tanto podia ser uma panela como um velho pé de cabra. Mas bastou-lhe um pequeno movimento do polegar para compreender que o seu tesouro mais valioso estava são e salvo. Todo pintado de lama, os pedais amputados, o selim desengonçado, os raios das rodas a contorcerem-se de alegria. A sua bicicleta estava suja e abandonada. Mas era a sua bicicleta.

— Mas não foi aqui que te deixei — protestou Hussi ao abraçar o *guião*.

— Querias que ficasse à tua espera no mesmo lugar? — respondeu a bicicleta.

— Claro que sim.

— E morria de fome, não é?

— Mas uma bicicleta não tem fome!!!

— Ai tem, tem!!! Cada um sabe do seu estômago.

— E comeste o quê? — perguntou Hussi que, da sua bicicleta, já esperava tudo.

— O que é que havia de comer!? Óleo, é claro.

— E onde é que encontraste óleo?

— Na oficina do mecânico. Foi por isso que não estava aqui quando vieste a Porto dos Batuquinhos.

— Chegaram até a dar na rádio a notícia da tua morte.

— A notícia da minha morte foi algo exagerada.

— E o selim em *câmara-ardente*?

— Não era meu de certeza.

— Mas nunca mais consegui falar contigo — Hussi prosseguiu o seu interrogatório.

— Foi por causa da camada de óleo que se infiltrou no chão. Impede a transmissão de pensamentos.

— Por que é que então não me avisaste?

— Sabia lá!?

— Mas devias!!!

— Ouve cá, Hussi. Eu sabia que o óleo era um bom petisco, mas não imaginava que impedisse a transmissão de pensamentos.

— E o talismã? Por que é que desapareceu?

— Levei-o comigo, claro.

— Mas por quê?

— Pensas que sou parvo ou quê!? Não me ia aventurar na viagem sem a sua proteção.

A emoção do reencontro começava a ficar poluída com mais uma discussão. Mas, como sempre acontecia, as brigas entre eles acabavam sempre em reconciliação. Em troca de mimos.

— Sempre soube que irias voltar — confessou a bicicleta.

— Mas *escusavas* de me ter deixado tão preocupado. Quase morri de desgosto... — murmurou Hussi.

— Mas tu não podias morrer.

— Essa é boa!!!

— Tinhas prometido vir buscar-me no fim da guerra. O prometido é devido — retorquiu a bicicleta.

— Numa guerra nunca se cumprem promessas. Apenas se cruzam destinos — replicou Hussi.

Hussi e a sua bicicleta ainda tinham muito para falar. Era toda a conversa de uma guerra para pôr em dia. Havia algumas coisas boas mas sobretudo muitas más para partilhar. À luz do dia, olhos nos olhos, sem transmissão de pensamento. Hussi limpou o retrovisor com o seu velho lenço amarelado, sacudiu o pó que asfixiava o cachecol do Barcelona, colocou a fitinha tricolor do outro lado do *guião*, ajustou os pedais com a sola das sandálias. Quando se sentou no selim sentiu-se de novo dono do mundo. E os dois pedalaram para a eternidade.

GLOSSÁRIO

A páginas tantas: a certa altura.

A pulso: à força.

A rebentar pelas costuras: muito cheio, lotado.

Aberta: neste caso, a ocasião, o momento.

Alarvemente: violentamente.

Alcandroado: alcandorado, empoleirado.

Alcatifa: tapete, piso, chão.

Alcatrão: neste caso, chão de asfalto.

Apanhado da cabeça: doido, amalucado.

Armadilhado: enredado, preso.

Arranjar cadernos: remendar, restaurar cadernos.

Arrepiar caminho: dar meia-volta, retroceder.

Banda sonora: trilha sonora.

Banho de massa: banho de óleo lubrificante.

Bata: neste caso, uniforme.

Bater a pala: prestar continência.

Berma: acostamento.

Bota: chuteira.

Câmara-ardente: recinto onde se realiza um velório.

Camisola interior: camiseta.

Cangalheiro: proprietário ou empregado de agência funerária.

Carapinha: cabelo muito crespo, pixaim.

Casa de banho: banheiro.

Chorar que nem uma madalena: Madalena, mulher chorosa e triste, pecadora arrependida.

Colmo: tipo de palha comprida, muito usada como cobertura de abrigos e barracas.

Com que então... ?: expressão equivalente a "Quer dizer então... ?".

Comida em primeira mão: comida fresca.

Credível: crível; que se pode crer.

Dar o corpo ao manifesto: mostrar-se, apresentar-se.

Deitar contas: fazer o balanço geral, fazer o cômputo.

Deixou-se deslizar por baixo do barrete: escondeu-se debaixo do chapéu.

Depenicar: comer aos poucos, beliscar.

Derby: jogo ou competição esportiva de grande destaque.

Dióspiro: gênero de árvores e arbustos a que pertence o caquizeiro; logo, a cor do caqui.

E depois?: neste caso, tem o sentido de "E daí?".

Em estágio: em concentração.

Ementa: cardápio.

Engalanar: adornar, enfeitar.

Entretanto: nesse meio tempo.

Escusar: não ser necessário.

Esgravatar: revirar, remexer.

Espartilhado: dividido.

Está descansado: isto é, não há com que se preocupar, fique tranquilo.

Esventrado: desventrado, estripado, eviscerado.

Farinha inglesa: farinha de trigo.

Fato: traje, terno.

Genica nas veias: isto é, pessoa cheia de vigor, energia, entusiasmo.

Guarda-redes: goleiro.

Guião: guidão, guidom.

Imbondeiro: o mesmo que baobá; árvore de grande porte, originária da África, que pode atingir até vinte metros de altura.

Imitação rasca: imitação grosseira.

Ligeiro: neste caso, leve.

Lume brando: fogo baixo.

Maçã de Adão: pomo de Adão; gogó.

Mãe galinha: mãe protetora, mãe coruja.

Malta: neste caso, galera, pessoal.

Marcha-atrás: marcha a ré.

Mezinha: remédio, poção.

Mirones: aqueles que, num jogo, observam sem participar; espectadores.

Miúdo: criança, menino.

Não dás uma para a caixa: isto é, você não entende uma, você não entende nada.

Não fosse a bicicleta ficar com manias de importante: isto é, para que a bicicleta não ficasse convencida.

Não só deitava os foguetes como ainda apanhava as canas: isto é, fazia de tudo sozinho.

Óleo de palma: azeite de dendê.

Olhar a meios: poupar esforços.

Palhota: palhoça, cabana coberta de palha.

Parecia que o fio dos dias era tirado a papel químico: papel químico aqui é papel carbono; ou seja, parecia que os dias eram sempre iguais.

Perlar: dar ou assumir forma de pérola.

Pintor do regime: isto é, o pintor oficial do governo.

Pois não?: expressão equivalente a "Não é?".

Por alma de quem?: por que razão?; por que cargas d'água?

Sabia a poeira: saber aqui tem o significado de "ter o gosto de", ou seja, a mandioca tinha o gosto de poeira.

Tática que lhe passava completamente ao lado: isto é, tática que ele desconhecia de todo.

Telefonia: neste caso, rádio.

Tolerância de ponto ao acordar: isto é, dia em que se pode acordar mais tarde.

Trautear: neste caso, tem o sentido de advertir, alertar.

Trocista: zombeteiro, brincalhão.

Vacinado: habituado.

Vinho de palma: bebida fermentada extraída de certas palmeiras.

Virou marreco da comunicação: não é uma expressão corrente em Portugal; o autor quer dizer que o Doutor Pergaminho perdeu a voz, ficou mudo.

MAPA-MÚNDI DA LÍNGUA PORTUGUESA

* Os arquipélagos de Açores e da Madeira são regiões autônomas de Portugal; Macau foi território português até 1999 e hoje pertence à China.

SOBRE JORGE ARAÚJO

Jorge Araújo nasceu em 1959, na cidade do Mindelo, ilha de São Vicente, no arquipélago de Cabo Verde. Cursou Comunicação e Teatro na Universidade Católica de Louvain, na Bélgica e começou sua carreira como jornalista na televisão de seu país. Depois uma breve passagem pela carreira diplomática, conseguiu seu principal objetivo, que era dedicar-se à reportagem. Desde então, cobriu diversos conflitos armados, sobretudo na África, e foi um dos quatro jornalistas portugueses que permaneceram em Timor-Leste depois da onda de violência que atingiu o país em 1999. Recebeu o Grande Prêmio Gazeta do Clube de Jornalistas, em 1999, e o Prêmio AMI "Jornalismo Contra a Indiferença", em 2003. É autor dos livros *Timor, o insuportável ruído das lágrimas* (2000), *O dia em que a noite se perdeu* (2008) e *Beija-mim* (2010), além daqueles em parceria com Pedro Sousa Pereira: *Comandante Hussi* (2003, Grande Prêmio Gulbenkian de Literatura para Crianças e Jovens, publicado no Brasil pela Editora 34 em 2006), *Nem tudo começa com um beijo* (2005), *Paralelo 75* (2006) e *Cinco balas contra a América* (2007, publicado no Brasil pela Editora 34 em 2008).

SOBRE PEDRO SOUSA PEREIRA

Pedro Sousa Pereira nasceu em 1966, em Luanda, capital de Angola, e se criou na cidade do Porto, Portugal. Sua infância foi determinada pelo espírito de liberdade e criatividade cultivado pelos pais, ambos artistas plásticos. O gosto pela ilustração nasceu muito cedo, influenciado pela leitura dos heróis de histórias em quadrinhos, especialmente Corto Maltese. A certa altura, a aventura falou mais alto e o levou ao jornalismo, primeiro na Rádio Nova, no Porto, e na Rádio Macau, depois na SIC (Sociedade Independente de Comunicação) e na Agência Lusa. Atualmente divide seu trabalho entre as notícias e a ilustração. Além dos livros de seu amigo Jorge Araújo — que conheceu em Díli, no Timor-Leste, em 1999 —, ilustrou também uma nova edição de *Mensagem*, de Fernando Pessoa, em 2006.

ESTE LIVRO FOI COMPOSTO EM LUCIDA SANS
PELA BRACHER & MALTA, COM CTP DA
NEW PRINT E IMPRESSÃO DA GRAPHIUM
EM PAPEL PAPERFECT 75 G/M^2 DA CIA.
SUZANO DE PAPEL E CELULOSE PARA A
EDITORA 34, EM JANEIRO DE 2024.